Helpers

Editorial Bambú
és un segell d'Editorial Casals, S.A.

Casp, 79. 08013 Barcelona
Tel. 902 107 007
www.editorialbambu.com

Disseny de la col·lecció: Miquel Puig
Il·lustració de la coberta: Marc Torrent

Primera edició: setembre de 2007
ISBN: 978-84-8343-034-7
Dipòsit legal: M-31.290-2007
Printed in Spain
Imprès a Edigrafos, S. A. Getafe (Madrid)

Aquest llibre ha estat publicat l'any
del Centenari de l'Institut d'Estudis Catalans.

HELPERS

MIQUEL RIBAS FIGUERAS

bambú
EDITORIAL

* *Helpers* . Aquest és el nom que van acabar tenint. Insignificants i inofensius en aparença, la seva influència per força havia de ser benèfica. Semblava impossible que poguessin espargir res de negatiu. De fet, no ho van fer. Però s'assemblaven massa a nosaltres. S'hi assemblaven tant que eren com miralls. I hi va haver un moment en què aquests miralls ja no van poder reflectir res més: els ho vam posar massa difícil.

Dels helpers, avui, tan sols en resta una memòria incerta. I a pesar que van ser les nostres misèries el que els va acabar condemnant, no em puc estar de recordar-los. Perquè els helpers, malgrat tot i malgrat ells mateixos, van ajudar-me molt, molt més del que mai s'haurien pogut imaginar des de la seva candidesa desconcertant. I em fa l'efecte que, si viure la seva història em va ajudar a mi, és possible que el fet de conèixer-la també pugui, d'alguna manera, ajudar algú altre.

* Helpers: ajudants, en anglès.

LA VELLA EUROPA

I

La Marta mirà la foto llargament. Una ganyota li enlletgia el rostre.

–Ja podries haver passat pel barber, no?

Vaig arronsar-me d'espatlles, però ella no em veié. Seguia absorta en la fotografia, fent que no amb el cap. La cantarella de la màquina escurabutxaques suplia el mutisme de la resta de clients del bar. La Marta m'observà un moment, s'assegué de genollons a la cadira i recolzà els colzes a la taula.

–Mira, veus?

M'havia posat la fotografia tan a prop que amb prou feines si la veia enfocada. M'arribava el seu alè de cafè amb llet.

–Aquests flocs que et surten per darrere l'orella són ridículs. Sembles un *quillo*.

Estirà una mà per agafar-me els flocs en qüestió. Vaig enretirar-me inconscientment. Ella es desequilibrà un xic, tot just perquè l'únic colze que li quedava en contacte amb la taula patinés.

–Oh!

Les tasses de cafè amb llet van trabucar-se amb el sotrac:

–Però què fas? –digué, mirant si s'havia tacat–. No sé per què t'apartes! No mossego, jo...

El cafè amb llet vessat s'escampà per la taula, que estava lleugerament inclinada cap a mi. Vaig voler apartar-me, però la cadira topà amb la paret que tenia darrere. El regalim començà a degotar sobre els meus pantalons. Vaig aixecar-me. Alguns clients ens observaven. La Marta empantanegà la mullena amb tot de tovallons de paper que agafà de la nostra taula i de les veïnes. Finalment aparegué un cambrer amb la baieta a la mà:

–A vegades es vol ajudar i encara es fa més nosa que servei. No posis més papers, dona, que no serveixen de res.

–Sí, és clar –replicà ella–, però si trigues tant a venir, alguna cosa hem de fer, no?

El cambrer no va respondre-li. Mentre netejava la taula, ho vaig aprofitar per anar al lavabo a mirar de rentarme la taca. Quan en vaig sortir, la Marta ja era dreta. Havia desat la fotografia al sobre i estava deixant unes monedes a la taula.

–Vols que pugem un moment a casa? Et puc tallar aquests quatre pèls mentre posem els teus pantalons a assecar.

–Els pares m'esperen per sopar. No vull arribar tard.

–Només serà un moment, home. A més, així també pots ensenyar la foto a la meva mare.

–No ho sé...

La Marta sacsejà el cap i m'amanyagà els cabells:
–Qualsevol diria que et fa mandra estar amb mi, eh?

Quan vaig arribar a casa meva, els pares ja estaven sopant. No havia ni tancat la porta que vaig sentir la veu de la mare per damunt la remor del televisor:

–Hola, fill! El sopar és a taula! Portes la foto?

–Sí, mare.

El pare i la mare van deixar de mastegar en veure'm entrar al menjador.

–Bon profit –vaig dir, bo i mostrant-los el sobre.

La mare apagà el televisor amb el comandament a distància. Es va aixecar i se m'atansà amb els braços oberts. Portava el davantal posat. M'abraçà procurant de no tocarme el tors amb les mans olioses:

–Oh, fill meu... Quina alegria!

El pare se'm mirava tot cofoi. Una bola de pollastre a mig mastegar alterava el contorn del seu rostre.

–Seu, que el plat encara és calent –digué la mare–. Hem començat fa poc...

El pare esperà a veure'm assegut i ben instal·lat abans de continuar menjant. La mare també s'assegué. S'eixugà impacient les mans al tovalló i obrí el sobre. Vaig servir-me una mica de vi mentre ella mirava la foto:

–Oh, mira-te'l!

El pare estirà el cap, però no aixecà el cul de la cadira. Des del seu lloc, oposat al de la mare, era impossible que veiés res. Tot i així somreia, mastegant imperceptiblement.

–I a més a més, ets dels més guapos de la promoció, fill... Mira, Salvador, mira...

La mare es mig incorporà, acostà la fotografia al pare i em féu un petó al cap.

–El meu Marc! I amb tan bones notes!

En sentir això, al pare li faltà temps per deixar la fotografia que tot just havia començat a mirar. Alçà el got de vi i digué:

–Fem un brindis, fill!

–Això, un brindis! –exclamà la mare.

Tots tres vam aixecar els gots:

–Per l'esforç d'aquests anys d'estudis!

–I per tots els èxits que encara han d'arribar!

–Gràcies –vaig dir.

Vam beure sense gaire cerimònia i vam quedar en silenci per uns instants. El pare ho aprofità per escurar el que li restava del tall de pollastre. En acabar, sospirà ostensiblement:

–Magnífic, fill, magnífic. Estem molt contents.

–Sí, moltíssim. I tu?

–Jo?... També.

–Ja has parlat amb els professors? –preguntà la mare, impacient.

–Amb alguns...

–I què t'han dit?

–M'han felicitat per tot el treball d'aquest curs... Diuen que tinc un bon expedient.

La mare somrigué. El pare s'eixugava les mans amb el tovalló:

–Això està molt bé, fill, molt bé. De ben segur que t'obre moltes portes. És clar que avui dia hi ha molta competència... Abans tot era més senzill. Ara, amb això de la globalització...

La mare l'interrompé:

–Faràs un màster, oi?

–Com?

–Un màster... Per allò de millorar el currículum...

–Sí, home! –intervingué el pare brandant el tovalló–. Despeses i més despeses! Això dels màsters és només un negoci que s'han inventat les universitats. El que ha de fer en Marc és posar-se a treballar d'una vegada!

–El fill de l'Antònia va fer un màster d'allò seu i mira'l ara! S'ha comprat un pis amb la xicota i d'aquí a poc es casen!

–L'únic que ha fet el fill de l'Antònia és demanar una hipoteca! No simplifiquem tant les coses, Rosa, per l'amor de Déu!

La mare i el pare van embrancar-se a discutir. En comptes d'escoltar-los, vaig desviar l'atenció devers els plecs i els doblecs de l'aleta rostida. Però el rostit no m'abellia. Ni el rostit ni cap altra cosa. En realitat, no em podia treure la Marta del cap. Encara no li havia dit res sobre les meves intencions, i no aconseguia imaginar-me com reaccionaria quan les sabés.

En Ferran Gómez, cap de departament i professor del darrer curs de biologia, m'havia convidat a seure amb un gest de mà:

–Mira, Marc –començà–. M'encantaria que et quedessis amb mi, però ja fa temps que et vaig dir que això del departament seria temporal. No és que no estigui content de la teva feina al laboratori, al contrari; durant aquests quatre mesos m'he acabat de convèncer que tens un bon futur en aquest camp. Però ja saps que aquí les places estan atorgades de fa temps. I encara en tenen per a una bona temporada... La qüestió ara és pensar com et pots organitzar. Tens res previst?

Abans de respondre, vaig mirar un moment per la finestra. La imatge d'una corrua de cotxes circulant per la Diagonal encara era a la meva ment mentre li deia:

–No ho sé... Potser un màster, la tesi... O posar-me a treballar. Suposo que això és el que els agradaria més a casa...

Em somrigué afablement:

–Estàs en un moment important, Marc. Bona part de les teves opcions futures estaran condicionades per les eleccions que facis ara. I jo vull fer-te una proposta respecte d'això.

Vaig separar l'esquena de la cadira:

–Ah, sí?

–Sí. He rebut un correu electrònic d'en Roy Braddock. El coneixes?

–No.

–Un individu molt peculiar, en Braddock. No publica gaire, però és un primera figura. Treballa a la Marshall Foundation, una fundació privada americana que es dedica a la investigació en el camp de les ciències de la salut, la biologia i la biotecnologia. De fet, la fundació és l'obra social del Marshall Bank, el segon o tercer banc més important de Califòrnia.

–Ah, molt bé...

–En Braddock em pregunta si puc recomanar algú per a una plaça a l'estranger –en Gómez agafà un plec de fulls de l'escriptori i començà a llegir–. Aquí tenim l'oferta: es busca un tècnic superior de laboratori per participar en un projecte innovador de nou mesos de durada. Col·laborarà en les distintes tasques pròpies del lloc: analítiques, treball amb rates, enregistrament de dades, etc., per progressar seguidament cap a tasques més complexes segons les aptituds aportades. D'entrada, el sou s'establirà en funció de l'expedient acadèmic, i es modificarà d'acord amb el rendiment del candidat seleccionat. La manutenció, el viatge i les despeses administratives aniran a càrrec de la fundació –s'aturà per mirar-me–. Què et sembla, de moment?

Vaig mirar de somriure i ell continuà:

–Els requisits són: domini de l'anglès, recomanació de la universitat de procedència, expedient acadèmic del teu nivell, disponibilitat immediata, capacitat de treball... i el més curiós de tot: mentalitat oberta i flexible i actitud discrecional.

En Gómez m'acostà els fulls. Era un dossier informatiu, escrit en anglès.

–Mentalitat oberta i actitud discrecional... Qualsevol diria que pretenen fer alguna il·legalitat! –digué burleta–. Només una institució privada pot esgrimir pretensions d'aquesta mena com a requisits!

–Sí...

–Saps el que significa dependre del segon o tercer banc de Califòrnia? Doncs que deuen tenir un munt de calés per gastar...

Em vingué un interrogant al cap:

–Però no seria més normal que agafessin un americà?

–Com en moltes empreses importants, la política de recursos humans d'aquesta fundació inclou la recerca de joves promeses per tot el món, per integrar-los després a la plantilla. En aquest sentit, les possibilitats que et contractin com a investigador un cop s'acabi el projecte són força reals. I ja saps que no m'agrada fer volar coloms, però no m'estranyaria que, si arribessis a entrar en nòmina, el teu sou no tingués res a envejar del meu.

–És que jo tampoc no em considero una promesa...

–Tens el meu aval.

Vaig fullejar el dossier sense detenir-me gaire enlloc.

–Mira, Marc –digué al cap d'una estona–. Potser no t'interessi marxar de casa. Ho entenc. Aquí hi tens els amics, la família... En definitiva, una mena de seguretat. Però no voldria tampoc que veiessis aquesta oportunitat com un canvi dràstic o definitiu: no cal que t'imaginis la resta de la teva vida a una altra banda del món. Ara, això sí: pensa que allà podràs treballar amb un personal i un equipament d'un nivell que poca gent pot oferir-te aquí. Faràs currículum, veuràs món i cobraràs força més del que et pagaria cap empresa del país. I pel que fa a això d'estar-t'hi durant més temps..., no cal tampoc que t'hi encaparris gaire, de moment. Primer s'haurà de veure si la fundació et satisfà i si tu els satisfàs a ells.

Jo obria i tancava el dossier, sense saber si agafar-lo o deixar-lo a la taula. Ell es reincorporà i ho aprofità per empènyer-me el dossier fins a la falda.

–Queda-te'l. Encara tenim uns dies de coll. Mira-t'ho, pensa-t'ho amb calma i quan t'hagis decidit em véns a veure, d'acord? Per part meva, només et recomanaré a tu. Si hi estàs interessat, haurem de concertar una entrevista amb un membre de l'equip d'en Braddock.

En Gómez s'aixecà del tot i jo vaig fer el mateix. Mentre m'acompanyava en direcció a la porta, em digué amb complicitat:

–No saps com t'envejo, Marc. Si jo pogués marxar així com així... I desaparèixer del mapa durant nou mesos!

Vaig procurar de seguir-li la veta:

–Reconec que prendre el sol en una platja de Califòrnia és temptador...

–A Califòrnia? I per què a Califòrnia?

–No és californiana, la Marshall Foundation?

–Ah, és clar! Sí, home, són californians. Però la plaça no és a Amèrica.

–Ah no? I a on és?

–A Kerala –digué el tutor i, en veure la meva ganyota, afegí: –és un estat del sud de l'Índia. Però no et preocupis, home... També hi ha platges. I tinc entès que no tenen res a envejar a les de Califòrnia.

–A l'Índia? –s'exclamà la Marta–. Però per què, a l'Índia?

Vaig atansar-li el dossier informatiu. La Marta l'obrí i començà a fullejar-lo nerviosament.

–Bé, és on hi ha el laboratori... –vaig respondre–. A Kerala, al sud.

Estàvem als menjadors universitaris. A part de nosaltres, només hi havia uns quants estudiants més, escampats entre les nombroses taules del local. Les empleades de la neteja ja passaven l'escombra i un parell de cambrers recollien safates de consumicions escampades pertot. Acabava d'explicar a la Marta la meva conversa amb en Ferran Gómez i l'entrevista que, unes setmanes després, m'havien fet per videoconferència, a la facultat. M'havia entrevistat el doctor Ahmed Mamadou, un senegalès que s'ocupava del vessant mèdic del projecte i que era un dels homes de confiança d'en Braddock. El doctor Mamadou era un individu d'uns quaranta anys llargs, seriós, concís i de mirada severa. L'entrevista no fou gaire reveladora; ell tan sols m'informà d'alguns aspectes tècnics de la meva tasca –no gaires– i insistí especialment en el tema de la discreció. El Marshall Bank invertia molts diners en recerca a través de la fundació i no tenia ganes de donar res de franc a persones o institucions alienes. Si acceptava de col·laborar-hi, hauria d'estar disposat a seguir el protocol de comunicació amb l'exterior que la fundació imposava als seus treballadors. Després vam repassar l'expedient conjuntament i per acabar em féu fer una declaració d'objectius. Aquella va ser la part de l'entrevista on vaig balbucejar més. Però vaig suposar-me que no devien tenir més candidats, perquè un mes després, en Gómez em trucà per dir-me que en Braddock havia donat la conformitat a la meva candidatura. La fundació faria les reserves de vols i hotels que calguessin, m'enviaria els bitllets i em donaria les instruccions pertinents per arribar fins al laboratori. L'únic que havia de fer jo era tramitar un visat de turista, vàlid per a tres mesos. En realitat en necessitava un de treball, però es veu que hi havia certs contratemps administratius amb el contracte i de moment no era possible demanar-lo. La fundació suggeria que deixéssim aquest tràmit per quan ja fos allà, i a mi em semblà bé.

De manera que vaig quedar amb la Marta per explicar-li-ho tot. I encara que havia assajat molt, li ho vaig contar malament i en desordre, i ella m'escoltà tota l'estona en silenci, sense esforçar-se a dissimular el disgust que l'envaïa. En dir-li que la feina era a l'Índia, ja no se n'havia pogut estar més:

–No ho entenc. Com pot ser que no me n'haguessis dit res si ja fa tant temps que ho sabies? És que només em vols per sortir i perquè et faci de perruquera?

Vaig mirar per la finestra. Començava a fer-se fosc i a mi em costava trobar les paraules per defensar la meva elecció.

–No t'enfadis, dona. Només són nou mesos...

–Que no m'enfadi? Però és que no ho veus? Aquesta decisió ens afecta a tots dos i tu ja has decidit pel teu compte! Almenys me'n podries haver parlat, abans d'acceptar!

–La disponibilitat immediata era una condició que em van exigir a l'entrevista...

–Però és que no em vas parlar ni de la reunió amb en Gómez!

–Ja ho sé, ja ho sé... No volia atabalar-te fins que no fos res palpable.

–És clar. I ara ja és palpable del tot.

Vam estar una estona que ni parlàvem ni ens miràvem. Finalment, la Marta deixà anar un sospir i mirà de parlar asserenada:

–Escolta bé, Marc. És molt probable que d'aquí a unes setmanes es convoquin oposicions. Diuen que serà una convocatòria amb moltes places, així que tindré força probabilitats d'entrar. En Pere i la Sílvia també s'hi presentaran...

La Marta havia acabat els estudis un any abans que jo. Com d'altres companys de la seva colla, era professora interina en un institut. Feia classes de física i química. Si aprovava les oposicions, tindria un lloc de treball fix.

–Això està molt bé, Marta...

–Sí, està molt bé –digué, elevant el to–. Però què passarà quan aprovi, eh? Tindré una feina fixa aquí i tu estaràs a l'altra punta del planeta. Com podrem continuar junts, llavors? O és que tens pensat de venir-me a veure els caps de setmana?

–Au, va, dona...

–D'«au, va», res.

Vaig agafar l'ampolla mig buida de cacaolat i la vaig fer oscil·lar sobre si mateixa. El local estava quedant gairebé desert. La Marta parlà de nou amb més calma:

–Sempre m'has parlat de les limitacions econòmiques que heu passat tu i la teva família, oi? Doncs amb la facilitat que tens per estudiar, el teu expedient i tot això, també t'hi hauries de presentar, a les *opos*. Segur que te les trauries, i si tots dos tinguéssim plaça fixa... Ens podríem plantejar d'anar a viure junts, comprar-nos un pis... Mira, sempre pots mirar de mantenir el contacte amb la Universitat. D'ofertes com aquesta n'hi deu haver moltes cada any. Mentre continuïs vinculat al Departament de Biologia, n'estaràs al corrent...

–Ja saps que no m'interessa especialment fer de professor.

–Et creus que m'omple gaire, a mi?

–Escolta..., tal com em va dir en Gómez, tindré l'oportunitat de treballar amb uns professionals i un equipament de primera, i el sou, probablement, no serà pas poca cosa. No només hi ha el funcionariat per guanyar-se la vida...

–Uns professionals, un equipament, en Gómez... I jo, que t'importo gaire? I si durant aquests nou mesos m'enamoro d'un altre? Que et sabrà gaire greu, això?

D'un estirabot, la Marta s'oblidà del que estava dient i colpejà la taula amb el palmell de la mà:

–Però és que no hi ha cap laboratori més a prop, que te n'hagis d'anar nou mesos enmig de la selva?

La seva reacció m'agafà de sorpresa. Vaig sobresaltar-me. L'ampolla se m'escorregué d'entre les mans i el cacaolat va vessar-se per tota la taula. Vaig afanyar-me a apartar el dossier, però no hi vaig ser a temps. Va quedar del tot tacat:

–El dossier! –vaig lamentar-me.

–Veus que bé! Ara ja el pots llençar a la brossa! –exclamà la Marta, i tot seguit s'aixecà, recollí atrafegadament les seves coses i marxà sense dir-me res més. M'havia deixat sol amb els cambrers, les empleades de la neteja i la sensació d'haver-ho fet tot malament.

EL SUBCONTINENT INDI

II

«Estimada Marta,

Era ahir al matí que caminàvem junts pels passadissos de l'aeroport (arrossegant la meva mare a pes)! No sé si tu tens la mateixa sensació, però a mi em sembla com si t'estigués parlant de molt temps enrere...

T'escric des de l'hotel de Madurai[1], on he arribat fa un parell d'hores. Estic una mica desorientat, després de tantes hores de vols i esperes en aeroports. A més a més, fa força calor, hi ha xivarri pertot arreu... Quan he sortit de l'aeroport, per poc si no m'ofego. Pel que sembla, l'Índia està molt pol·luïda. L'aire és irrespirable i ja tinc un mal de coll horrorós. La veritat és que l'aire de Barcelona, en comparació, és una delícia. Uf! I no et dic res del trànsit: a banda de ser caòtic, els conductors estan completament

1. Madurai: ciutat del sud de l'Índia (1.094.000 habitants), a l'estat de Tamil Nadu.

sonats. He agafat un *rickshaw*[2] d'aquells que deia la guia que m'he endut. És com si anessis en una atracció de fira. L'home conduïa a la babalà i no ha parat de fer sonar el clàxon, com feien tots els del voltant... Resulta que així s'avisen els uns als altres de quina és la seva posició!!!

Acabo de fer el meu primer dinar i la veritat és que no crec que t'hagués agradat gaire. M'han servit una *masala dosai,* que és una espècie de crep salada i esponjosa, farcida de patata i no-sé-què-més, força picant. Espero que em provi, perquè me l'he menjada una mica per força.

En fi, demà a la tarda agafo l'autobús cap a Kumily, el poble que hi ha al costat del Jungle Research Centre. Tinc ganes d'estar instal·lat definitivament, a veure si així començo a situar-me.

Digues als meus pares que estic bé i que els escriuré més endavant.

Un petonàs,

Marc»

2. *Rickshaw*: tricicle, generalment motoritzat, usat principalment com a taxi en moltes ciutats d'Àsia.

III

Vaig despertar-me esternudant: de nit m'havia tret la part de dalt del pijama a causa de la calor, però no havia apagat el ventilador. Tenia la sensació d'haver-me adormit tot just feia mitja hora. Del llit estant, vaig apagar el ventilador i vaig examinar l'habitació a la llum del dia. Se'm féu evident que estava a milers de quilòmetres de casa. La Marta em vingué al cap. Vaig pensar en tot allò què no havia sabut dir-li perquè ni jo mateix m'ho aconseguia explicar... La fatiga del viatge em deixà estirat al llit durant una bona estona més.

Finalment em vaig llevar i em vaig dutxar per veure si m'espavilava. Abans de vestir-me, vaig repassar un cop més el dossier d'instruccions que la fundació m'havia enviat. Contenia la ruta exacta que havia de seguir per arribar al Jungle Research Centre de Kumily –el centre d'investigació al qual m'havien destinat–, el bitllet de bus per anar-hi, un mapa de Madurai i alguns consells sobre costums indis, menjar i transport.

Després de repassar el dossier del dret i del revés, vaig agafar unes quantes rupies[3] de les que havia canviat a l'aeroport i vaig decidir-me a fer alguna cosa. Des de la tarda anterior que estava tancat en aquella habitació. Només eren quarts d'onze del matí i no havia d'agafar l'autobús fins a les dues de la tarda.

A la sortida de l'hotel em vaig trobar envoltat per una munió de conductors de *rickshaws* que s'oferien per portar-me al temple, per fer-me de guies turístics o per aconseguir-me marihuana... Pensant en la tarda, vaig preguntar-los si l'estació de bus quedava gaire lluny. Com a resposta feren un curiós moviment de cap a banda i banda; una espècie de balandreig de plastilina que posteriorment vaig descobrir que era molt freqüent. Vaig tenir un rodament de cap: no havia menjat res des de la *dosai* del dia anterior.

–Que vol visitar el temple, senyor? –insistí un dels conductors.

–No... Necessito menjar.

–Jo conec bon restaurant. Menjar americà, molt bo.

Una estona després, em trobava en una pizzeria. Era l'únic client. Tot i que era molt d'hora vaig demanar una pizza i una coca-cola. Els empleats, equipats amb gorres i armilles de talles massa grans per a ells, m'atengueren primer amb grans miraments, però en veure que anava passant l'estona sense que els requerís, s'oblidaren de mi i començaren a xerrar entre ells.

3. Rupia: moneda de l'Índia.

A través dels finestrals, podia veure un gran tràfec de gent i vehicles que animava el carrer. Barcelona quedava molt lluny de tot allò. Una aglomeració excepcional de rètols comercials i cables elèctrics de totes les mides cobrien les façanes dels edificis i part del cel. L'activitat era frenètica; se sentien crits, clàxons i músiques diverses. Els *rickshaws* apareixien i desapareixien com mosques embogides. Una dona grassa i ben guarnida estirava un fill ploraner sense dissimular el seu enuig. Dos homes feien cua en una barberia especialitzada en mostatxos (això deia el cartell). Algun occidental despistat congregava munions de nens i joves. Els nens li demanaven rupies, els joves s'oferien per ensenyar-li el temple. Havia llegit a la guia que el temple Minakshi era una de les atraccions majúscules de qualsevol viatge al sud de l'Índia. La veritat, però, és que m'interessava més trobar un ordinador: em preguntava si la Marta ja m'hauria respost.

Les galtes del cul van començar a pessigollejar-me. Se m'havien adormit, de tanta estona que feia que estava assegut. Vaig mirar el rellotge. Eren dos quarts d'una. Vaig pagar i vaig preguntar on podia connectar-me a Internet. Un dels nois m'acompanyà fins a pocs metres d'on ens trobàvem. Era un petit cibercentre a l'estil occidental. Al fons del carrer, elevant-se per darrere del cablejat elèctric, s'aixecava una de les torres del temple. Amb un peu dins l'establiment vaig disparar-li una foto, que quedà un xic fosca.

Temple Minakshi, Madurai

IV

«Hola, Marc,

Com estàs? Jo mig mig.

Encara intento comprendre quins sentiments i interessos t'han impulsat a agafar aquesta feina. Reconec que penso que sí, que aquesta experiència és realment una gran oportunitat per a tu. Però tot i així, no deixo d'estar disgustada per la forma com ho vas decidir, sense preguntar-me què en pensava jo, encara que només fos per ajudar-te a decidir si valia la pena o no.

Això em va doldre molt. No em vas tenir gens en compte, ni tan sols per escoltar l'opinió que com una amiga més podia donar-te, i aquest fet m'ha obert els ulls i em fa pensar si realment m'estimes tant com jo a tu... No em sento corresposta.

Al teu missatge només m'expliques coses superficials, i no em preguntes ni com em sento jo, ni si t'enyoro... Em sap greu tenir aquest to tan trist, però és que realment em sento així. Espero que les coses entre nosaltres canviïn una mica, encara que només sigui a través del correu...

Mil petons i mil abraçades,

la teva Marta

PD: He parlat amb els teus pares. Han estat molt contents de saber que el viatge ha anat bé.»

V

L'autobús arribà a Kumily a les cinc de la tarda. Era un poble petit, molt petit. A despit d'això, l'estació estava plena de gom a gom. Com el nostre vehicle. Havíem fet moltes parades durant el trajecte. La carretera, que s'havia anat enfilant sinuosament entre unes muntanyes per descendir després a l'altra vessant (la que pertanyia a l'estat de Kerala), passava per una multitud de pobles, poblets, cases i cabanes. De qualsevol revolt n'apareixien homes i dones carregats amb farcells que s'afanyaven a pujar i a encabir-se a l'atapeït passadís de l'autobús. Els seients, de dues places, eren ocupats sovint per famílies de quatre o més membres. Algunes passatgeres portaven el rostre tot recobert d'una capa groga de pols o pólvores que els feia de maquillatge i els n'accentuava la cara de mareig: el trajecte era força tempestuós i les corbes se succeïen sense interrupció, fent-nos anar d'un costat a l'altre. L'ambient estava carregat d'humanitat i les dones i els nens vomitaven sense poder-se contenir, empastifant el vehicle a pler.

Quan vaig aconseguir baixar, vaig fer una gran inspiració d'aire. Em vaig empassar una bafarada del tub d'escapament de l'autobús, encara en marxa. Però les basques em van anar passant i amb l'estona vaig recuperar el posat. A prop meu, la situació es calmava. Els passatgers anaren desfilant i el vehicle apagà el motor finalment. La gent s'apinyava ara al voltant d'altres autobusos a punt de partir.

El primer que havia de fer era buscar el meu contacte a Kumily. Es deia Abbas i era l'encarregat de portar-me al Jungle Research Centre. Al dossier em deien que sempre voltava per l'estació d'autobusos i que m'hi estaria esperant. Abans que tingués temps de preocupar-me, em van picar l'esquena:

–Jungle Research Centre?

–Sí –vaig fer jo en girar-me–. Abbas?

L'home féu bascular el cap. Era un tipus ben plantat. Tenia la pell i els cabells molt foscos, i unes dents blanques i lluents possiblement un xic massa grans, que dissimulava sota un bigoti espès i ben retallat. Aquest bigoti em féu dubtar de la seva edat. En qualsevol cas, però, l'Abbas era jove.

–Jo sóc l'Abbas –digué somrient–. Sóc promotor turístic i sé una mica de francès. Ja sé que has vingut a Kumily a treballar, però si durant la teva estada vols visitar algun temple, assistir a una representació de dansa o fer cap tresc, digues-m'ho. T'ho arranjaré tot perquè passis un dia *très jolie*. Tu saps francès?

–Com? Sí, una mica.

–*Très bien*. Anem, tinc el taxi allà.

–D'acord.

Per un moment vaig esperar realment un taxi, però l'Abbas es deturà a dues passes d'un *rickshaw* i estengué la mà solemnement, com si me'l presentés:

–Vols fer-li una foto?

–Com?

Em somrigué amb insistència i vaig acabar per fer cas del seu suggeriment. Tot seguit, carregà l'equipatge i tots dos vam pujar al vehicle.

–Tu véns de Madurai, oi? –em preguntà tot engegant.

–Sí.

–Llavors tu has vist el temple Minakshi. Una meravella!

El rickshaw *de l'Abbas*

–En realitat no he tingut temps.

L'Abbas restà en silenci uns instants.

–Jo puc arranjar-te una excursió per anar-hi. Et buscaré un taxi *ambassador* i et faré de guia pel temple. Serà una experiència *très jolie*!

–No sé si tindré temps...

L'Abbas féu el característic balanceig de cap. El *rickshaw* sortí del poble i prengué una carretera estreta i envoltada de jungla ufanosa i humida. De tant en tant, ens creuàvem amb gent o amb alguna vaca que pasturava despistada per la cuneta.

–Són vaques sagrades? –vaig preguntar.

–Psè... Per a mi no. Jo sóc musulmà, saps? Quina guia portes tu?

–Com?

–La guia turística. És una guia Lonely Planet[4]? Les guies Lonely Planet són les millors. Tots els anglesos i els americans les porten. És Lonely Planet, la teva guia?

–Doncs... –vaig fer jo, remenant la bossa de mà on portava la guia.

–En l'última edició de la guia Lonely Planet de l'Índia encara no hi surto, però a la següent que aparegui, si busques Kumily, m'hi trobaràs: Abbas, promotor turístic. Francès i anglès fluents. Quan aconsegueixes sortir a la Lonely Planet, tots els turistes et busquen i tens molta feina.

Vaig atansar-li la meva guia. Se la mirà de cua d'ull, mentre conduïa.

4. Lonely Planet: editorial de guies turístiques, molt usades pels viatgers independents dels països anglosaxons. D'un temps ençà se'n fan traduccions al castellà.

–No, no –digué tornant-me-la–. *Pas bon.* No és Lonely Planet. No és bona.

–Ah.

El capvespre començava a enfosquir el cel. Feia una estona que ja no ens trobàvem ningú. La carretera estava deserta.

–Molt a prop hi ha el parc nacional de Periyar. Tigres, elefants, antílops...

–De debò hi ha tigres per aquí?

–Ui, sí. L'últim es va veure el 1990, però és que són uns animals molt esquerps. Puc organitzar-te una excursió al parc. Potser tens sort i veus el tigre...

Mentre l'Abbas m'anava oferint visites i activitats, jo aferrava l'equipatge amb força. La foscor creixent m'obligava a esbatanar els ulls. Sabia que havíem de ser molt a prop del centre on passaria els propers nous mesos i no me'n volia perdre cap detall. Però cada cop s'hi veia menys.

–Aquesta carretera només mena al centre. Jo hi pujo de tant en tant: porto el menjar que la cuinera m'encarrega per telèfon. El centre té compte en un parell de parades del mercat. Ah, i també porto el correu, el pinso per als animals... Mira, som a punt d'arribar.

Dos revolts després, vaig saber per fi com era el Jungle Research Centre. El *rickshaw* s'hi aturà davant, en una espècie de rotonda enjardinada. Estava a punt de fer-se de nit i l'edifici principal ja tenia uns quants llums oberts. Era força gran, tot pintat de blanc. Tenia una teulada de teules vermelles i un llarg porxo en resseguia la façana. Em semblà que enlloc no hi havia cap cartell amb el nom del centre.

A les envistes d'aquest edifici principal n'hi havia uns quants més, de dimensions més reduïdes. Alguns eren uns bungalous circulars, com de ciutat de vacances, suposadament per als investigadors. Un altre, força apartat, estava coronat per una gran campana amb una xemeneia al capdamunt. Era una incineradora per a la brossa. Finalment hi havia un darrer edifici, que desentonava del tot amb la resta del conjunt. Es tractava d'un mòdul força modern, amb aspecte de clínica o –pensant-ho amb més coherència– de laboratori.

–Darrere de l'edifici hi ha una piscina. A vegades hi ha una noia que s'hi banya –em digué l'Abbas somrient. Tot seguit aixecà una mà i féu un crit:– Kumar!

D'un racó del jardí aparegué un home indi amb uns quants cabells blancs. Anava vestit amb una camisa i un *dhoti*[5], i no portava sabates. L'Abbas li comentà alguna cosa que no vaig entendre i en Kumar assentí amb el cap.

–Bona nit, senyor –digué amb un anglès colonial–. És la seva primera vegada a l'Índia?

–Sí.

–Vostè és benvingut.

–Gràcies.

–Jo em dic Kumar. Sóc l'encarregat de manteniment. Vingui, li ensenyaré el seu bungalou.

–Bé –féu l'Abbas–, jo me'n vaig.

Em parà una mà i vam fer una encaixada força tova.

–Quan decideixis quina excursió vols fer, m'avises. T'ho prepararé tot perquè passis un dia *très jolie*!

5. Dhoti: peça de roba masculina semblant a una faldilla, usada àmpliament a tot l'Índia.

L'Abbas pujà al tricicle, l'engegà i desaparegué engolit per la foscor creixent. En Kumar agafà les meves maletes i amb un cop de mentó m'indicà el camí:

–Anem.

Uns metres més enllà, en Kumar es deturà davant d'un bungalou, n'obrí la porta i em digué:

–És aquest. Espero que descansi força. Si vostè em necessita per a res, dormo a la part del darrere de l'edifici central.

Vaig veure que anava a marxar sense ni més:

–Esperi!

–Què?

–El doctor Braddock... on és, ara? Sap si podria parlar amb ell?

–Oh, segurament és al seu despatx treballant. Sempre s'hi tanca fins tard. És millor que esperi a demà.

Anava a replicar-li alguna cosa quan al bungalou de la meva esquerra s'encengué un llum. Vaig dirigir-hi la mirada. L'únic finestral de la caseta estava il·luminat per una llum esmorteïda. El contorn precís d'una silueta femenina s'hi retallà aleshores. La silueta portà les mans al clatell i es deixà anar uns llargs cabells, movent-los a banda i banda. Començà a pentinar-se'ls i lentament s'enretirà cap a l'interior de la cambra fins a desaparèixer del tot. En el lapse de mirar-la, en Kumar havia marxat.

Vaig entrar al bungalou deixant la porta mig ajustada. En obrir el llum vaig veure que estava compost d'un lavabo amb dutxa i una habitació força espartana que feia olor d'humitat: un llit, una cadira, un armari i una taula.

Damunt del llit hi penjava una mosquitera arromangada. Vaig deixar la bossa i les maletes en un racó i em vaig asseure al llit, mirant la paret llisa que tenia davant. Un parell de dragons consumien arnes a cor què vols. A fora s'havia fet completament fosc. Feia força calor, però jo estava tremolant. Un mosquit em picà al coll. Vaig córrer a tancar la porta, em vaig rentar la cara i les mans al lavabo i em vaig posar el pijama. Estirat al llit, vaig deixar caure la mosquitera damunt meu. Quan vaig estar tot embolcallat per la malla de reixeta vaig sentir-me com un peix, capturat i hissat fora de l'aigua.

VI

L'endemà al matí van trucar a la porta tot just quan m'acabava de vestir. Vaig córrer a obrir-la i em vaig trobar amb una noia índia que tenia tots els números per ser la mateixa que havia vist la nit anterior.

–Hola! Ets en Marc Solà de Barcelona, oi? Jo sóc la Parvati Rajendra, coordinadora del centre –digué, tot parant-me la mà.

–Tant de gust.

Vaig fer-li uns quatre o cinc anys més que jo. Tenia els cabells llargs, però els portava recollits. Eren negres, molt negres, i tota ella era força morena, en contrast amb el blanc de la bata que vestia. Com que estava somrient, se li marcava un clotet entre els llavis lleugerament molsuts i el nas recte i llarg. Tenia uns ulls vius que, curiosament, eren verds.

–Què hi ha? Com ha anat el viatge?

–Bé... una mica llarg.

–És clar. Espero que hagis pogut descansar prou. Amb un lloc tan tranquil com aquest no és gaire difícil! Vine, t'ensenyaré tot això.

Just quan anàvem a posar-nos en marxa, un jove gras i pèl-roig sortí d'un bungalou situat enfront dels nostres. També duia una bata blanca, que li arribava fins més amunt dels genolls. Aquests i la resta de les cames li quedaven al descobert, mostrant-ne unes carns pàl·lides. Suposo que portava pantalons curts. Vaig fixar-me que d'una de les butxaques de la bata li'n sobresortia una llauna. En veure'ns a mi i a la Parvati féu una reverència teatral:

–Bon dia, delegada...

–Bon dia, Murray. Et presento en Marc Solà, el nou tècnic de laboratori. És de Barcelona, Espanya.

–Doncs tant de gust. Us ve de gust un glop de cervesa, a tu i al torero?

–Va, calla i beu-te-la tu sol, a veure si així se't desperta l'enginy.

–Hum! Bona idea...

En Murray es posà la mà a la butxaca, en tragué la llauna, l'obrí i començà a beure, tot dirigint-se cap a l'edifici principal. Mentre miràvem com s'allunyava, la Parvati m'explicà:

–És en Murray Wheeler, australià. És enginyer industrial, i només per això es pensa que és més llest que tots nosaltres. Juntament amb el doctor Mamadou, s'encarrega d'una maquinària específica, dissenyada i fabricada a propòsit del projecte.

–Per què t'ha dit delegada?

–Es pensa que així em fa la punyeta... Passa que li fa ràbia que una dona, i a sobre índia, ocupi un càrrec més important que el seu.

–Vaja...

–Sí, és molt trist, però a mi no m'afecta. A més a més, en realitat sóc americana.

–De debò?

–Sí. El meu avi ja hi va néixer, allà, de manera que sóc de tercera generació. Per si fos poc, el meu pare es va casar amb una californiana guapíssima: la meva mare. M'he criat entre Santa Mònica i San Francisco, i bona part de la meva carrera científica l'he feta allà.

Dit això, la Parvati em somrigué. Tenia les dents més blanques que la bata de científica:

–Mira, tinc una simpatia enorme per aquest país i vull ajudar-lo a progressar, però la meva pàtria són i seran els Estats Units d'Amèrica. Som-hi?

Vaig assentir i vam fer cap al laboratori, a la part posterior de l'edifici central. Mentre sobrepassàvem la piscina em comentà:

–No és gran cosa, però no està gens malament quan la calor és sufocant. A mi m'encanta banyar-m'hi, i el doctor Braddock també hi és molt afeccionat. Saps? El doctor Braddock és californià com jo. Diuen que de jove era un hippie radical, d'aquells de l'estiu de l'amor. És possible que sigui veritat, perquè de tant en tant se li escapen idees més aviat galàctiques... Però no voldria que te'n fessis una idea errònia: és un científic competent, creatiu i atrevit.

D'alguna manera, és com un geni...

–Aleshores deu estar molt bé treballar amb ell...

La Parvati començà a entusiasmar-se:

–És apassionant, t'ho asseguro. Per a mi, el privilegi que tenim de treballar amb un científic i un projecte tan transcendents no té preu... Hem d'estar molt agraïts a la fundació pel suport que dóna al projecte i per la valentia que mostra en apostar pels més joves: tu, jo, en Katsumi, en Murray... El cert és que tenim l'oportunitat de fer història!

–Vaja, no sabia que el projecte fos tan... important. Com que encara no en conec els detalls...

En sentir el meu comentari, l'emoció de la Parvati semblà refredar-se, tot i que continuà tan expansiva i cordial com fins aleshores:

–T'ensenyaré quina zona del laboratori t'hem reservat. Després et presentaré el doctor i ell et posarà al corrent de les teves funcions, llavors... Bé, llavors suposo que tindràs ganes d'esmorzar. El menjador és a la planta baixa de l'edifici central, tercera porta a l'esquerra. Hi ha menjar continental i hindú durant tot el dia. No et recomano l'hindú si no hi estàs avesat; és molt picant i està molt especiat. Per sort, d'espaguetis, pizza i coca-cola mai no en falten. Feliçment, cadascú menja quan vol, aquí. Quan penso que en d'altres llocs els àpats són comunitaris... T'adones del que això representaria? Compartir taula, dia sí dia també, amb en Murray!

A mi m'estranyà que rebaixés tant el to així de sobte, però com que em mirava amb cara de complicitat vaig afanyar-me a correspondre-li amb mig somriure. Ens havíem deturat davant la porta del laboratori.

–Benvingut a casa, Marc! –digué, tot teclejant un codi d'accés.

Al contrari que l'edifici principal, el laboratori era certament modern, tant pel que fa a l'estructura com al parament interior. Tot es veia molt net i ordenat, i també molt nou; com si no fes gaires anys que s'hagués construït. Comparat amb les instal·lacions de la Facultat de Biologia, allò feia goig de veure. Hi havia un passadís molt lluminós, i els amplis finestrals donaven directament a la jungla. Al llarg d'aquest passadís es distribuïen distints departaments, els quals, si s'ha de jutjar per la distància que hi havia entre les portes, havien de ser veritablement espaiosos. Una d'aquestes portes estava protegida per un sistema d'accés peculiar:

–Això és el búnquer –m'explicà la Parvati–. Li hem posat aquest nom una mica de broma. Per entrar-hi cal tenir implantat un xip especial al palmell. Aquí hi treballen el doctor Mamadou, en Murray i en Katsumi, sobretot. Hi maneguen tota aquella maquinària que abans et comentava. El doctor Braddock i jo tenim una àrea de treball just al costat, però també hi podem entrar.

Vam ultrapassar el búnquer sense entrar-hi. La Parvati es deturà a la porta següent i l'obrí: era un laboratori força convencional. En una de les cantonades, una paret de vidre el separava d'una petita estança interior. A dins m'hi semblà veure un seguit d'incubadores com les de la maternitat. Abans que pogués referir-m'hi, però, la Parvati tancà la porta i em convidà a continuar la visita. Més enllà del passadís encara hi havia dues portes més. L'una donava accés a l'estabulari[6]. L'altra, també.

–T'agraden els estabularis, Marc?

Vaig pensar que ho deia per les dimensions de la instal·lació. Era l'estabulari més gran que he vist mai. Tenia muntades unes quantes prestatgeries al llarg de la paret, totes elles plenes de gàbies. Com que totes les gàbies devien estar ocupades, tant l'olor com la remor de les rates eren considerables. Aquest primer espai comunicava amb un de més petit on hi havia la taula de treball, les piques i les reserves de menjar per a l'ingent quantitat de rosegadors.

–Gairebé tot són femelles –digué, i arrufà el nas tot seguit–. Ningú ho diria, amb aquesta pudor.

Vam sortir per l'altra porta. El passadís s'engrandia un xic abans d'acabar-se, fent una mena de queixal que s'havia aprofitat per instal·lar un minilaboratori, amb campana de cultius i tancs de refrigeració inclosos. La Parvati m'indicà que ho estaven acabant d'adequar per fer-ne el meu lloc de treball.

Després vam anar a l'edifici central. M'ensenyà les sales de la planta baixa sense entretenir-s'hi gaire i s'encaminà a una de les portes que hi havia més enllà del menjador. Donava pas a una escala que s'enfilava al pis de dalt. Mentre pujava davant meu, vaig adonar-me que era força més prima que la Marta.

6. Estabulari: instal·lació per criar animals, especialment mamífers, destinats a la recerca.

–Mira, Marc –digué–, el doctor assigna les tasques a cadascú, però ens dóna llibertat total d'horaris i de manera d'organitzar-nos. En contraprestació només espera la màxima serietat i competència. Ara, per exemple, com que en Katsumi no hi és, en Mamadou i en Murray han acordat de partir-se la guàrdia del búnquer en torns de dotze hores cadascun. En Mamadou està avesat a treballar de nit, de manera que no té cap problema per fer tot el torn nocturn. En Murray, en canvi, no està mai content: tot el que sigui treballar el posa de mal humor. Per això està desitjant que en Katsumi torni d'una vegada, per no haver de fer tantes hores. En qualsevol cas, el doctor Braddock agraeix enormement que no li fem ballar el cap amb problemes merament logístics.

Vam atènyer el pis superior i ens vam aturar davant una porta. Durant un instant, ella em repassà de dalt a baix, dibuixà un somrís que se li enfilà per les galtes i em digué:

–Saps què? Tinc la impressió que seràs una peça important en tot això...

Tot seguit, trucà a la porta, i al cap d'un moment vaig sentir una veu d'home gran, rogallosa i trencada:

–Endavant!

VII

El doctor Braddock conservava una bona quantitat de cabells blancs. Se'ls pentinava amb una clenxa al costat, a l'estil dels galants de les pel·lis antigues. Era de gestos i maneres dinàmics, i tenia uns ulls clars i incisius que imposaven respecte. Un considerable nombre d'arrugues li solcaven el rostre i el coll, però en general, el seu aspecte traspuava vitalitat.

–Endavant, segui, segui.

La Parvati ens havia presentat i deixat tot seguit, fentme entendre amb un gest que estava morta de gana i que se n'anava a esmorzar. El doctor m'acompanyà a una cadira i prengué seient seguidament:

–Així que vostè és de Barcelona... Una ciutat molt bonica, tinc entès.

–Sí...

–Està ben instal·lat? Li agrada el lloc?

–Doncs...

–Per a mi el millor és l'edifici on hi ha el laboratori nou. El vam construir fa cinc anys. Es tracta d'un edifici energèticament autònom: amb la feina que fem, no ens podem permetre de suportar els continus talls de subministrament elèctric que tenen per aquí.

–L'he visitat per sobre...

–Ja veurà que s'hi treballa molt a gust. És molt tranquil, i jo trobo que és inspirador estar frec a frec amb la jungla...

–La veritat és que mai no hi havia estat tan a prop.

–És clar... Bé, no sé si la senyoreta Parvati ja li ha comentat que li farem tenir cura de l'estabulari... La raó és senzilla. El doctor Mamadou ha d'ensenyar-li un mètode d'extracció d'òvuls de rata expressament desenvolupat per a aquest projecte. Si vostè ha d'assumir aquesta tasca en un futur immediat, el més lògic és que, per començar, es responsabilitzi dels animals. Això no és tot, però. Al búnquer utilitzem diversos preparats químics que han de ser constantment analitzats per tal d'assegurar-nos que la seva composició és la correcta en cada moment... Les analítiques i el consegüent enregistrament de dades que se'n deriva també seran cosa seva. Potser tot plegat li resultarà decebedor, així d'entrada... Però no s'enganyi: tota petita tasca, per ínfima i redundant que sembli, té la seva importància si la contemplem des d'un punt de vista còsmic...

–No, si ja m'està bé per començar... I quins són els objectius finals del projecte?

El doctor mogué la mà com per escampar una mosca inexistent:

–Oh, això ja ho anirà veient. De moment, mentre no acabem de preparar la seva zona de treball, posi's a disposició de la senyoreta Parvati. Ah! I també del senyor Murray, si és que encara no s'ha tancat al búnquer. Pregunti'ls si el requereixen per a una cosa o altra... La resta de l'equip no està disponible, ara mateix: el senyor Katsumi té uns dies de descans i el doctor Mamadou és al búnquer, a punt d'acabar el seu torn. I jo, malauradament, no puc estar per vostè: estic preparant uns informes per a la fundació. Els poso al corrent dels nostres darrers avenços. Hi ha cap pregunta més que vulgui fer-me?

Un sorollet persistent havia acompanyat tota la conversa. Mentre pensava què respondre-li, vaig esbrinar-ne l'origen: la mà esquerra del doctor picava molt suaument la taula, fent fimbrar un parell de bolígrafs que hi havia en un dels extrems:

–Crec que no.

–Molt bé, doncs. Ja veurà que al pis de baix hi ha la infermeria, una biblioteca, una sala d'ordinadors amb connexió a Internet, etc., etc. Pot fer servir allò que li plagui a l'hora que vulgui. La clau de la sala d'ordinadors la té el senyor Kumar: la hi donarà sempre que li ho demani. Ah, i aquí dalt hi ha els despatxos i un petit laboratori d'urgència reservat al meu ús personal.

–Molt bé...

El doctor s'incorporà: a pesar de tenir l'esquena una mica corba, era quasi tan alt com jo. De jove devia haver estat força corpulent. Es dirigí a la porta, me l'obrí i féu un cop de mentó cap al passadís:

–Al costat hi ha el despatx de la senyoreta Kavita. Molt maca, la senyoreta Kavita –pel que havia pogut comprovar fins llavors, el doctor Braddock, malgrat el seu passat contracultural, tractava a tothom de vostè–; s'encarrega de la burocràcia del centre. Ara deu estar complint amb les seves obligacions com a creient, però així que la vegi li faré preparar el seu contracte perquè el pugui signar. Un cop tinguem aquests papers ja podrem tramitar-li el visat de treball i la seva situació estarà del tot legalitzada. Amb la llei val més no fer-hi bromes, oi? Ah, i més endavant li farem una analítica, com ja hem fet amb els altres membres de l'equip. Suposo que no li fa res que guardem la seva sang per als nostres estudis.

–No, no, i ara. Tinc ganes de ser útil.

El doctor em parà la mà:

–Ho serà, no es preocupi. Bé, li desitjo una estada feliç i profitosa, senyor Soler.

No vaig indicar-li que em deia Solà, i no Soler. Vam encaixar i un cop vaig ser al passadís el doctor tornà al despatx i en tancà ràpidament la porta. La panxa se'm recargolà tot d'una. Des de la pizza de Madurai que no havia menjat res.

Quan vaig entrar al menjador només hi havia una persona: en Murray, l'australià. En veure'l, vaig titubejar un moment.

–Mira-te'l, el nou llumenera! Passa, home, no et tallis. La delegada ha acabat ja fa una estona...

El menjador constava d'unes quantes taules comunitàries i d'una barra on hi havia menjars preparats i tes. En un extrem hi havia una pila de safates metàl·liques. Com als menjadors universitaris, però en petit. Vaig agafar una safata i vaig examinar el menjar. En Murray s'asseia d'esquena a la barra. Menjava un plat de farinetes i encara tenia la llauna de cervesa a l'abast. Per una porta que donava a la cuina entrà una dona que portava un parell de termos.

–Hemalatha, aquest *porridge* és infecte! –digué en Murray sense girar-se.

La dona i jo ens trobàvem davant per davant. Ella alçà els ulls cap al sostre amb resignació i tornà a entrar a la cuina abans que hagués pogut saludar-la.

A la barra hi havia torrades, melmelada, cereals, *porridge* i un parell de *masala dosai*. Si en Kumar encara havia d'esmorzar li vindrien més de gust que no pas a mi. Vaig agafar unes torrades, vaig fer la volta a la taula d'en Murray i em vaig asseure al davant.

–I què? –féu aquest–. De què t'encarregaràs, tu?

–De moment, de l'estabulari, algunes analítiques... Més endavant, el doctor Mamadou m'ha d'ensenyar el seu mètode d'extracció d'òvuls...

–Així que ets el nou peó. Fantàstic. Doncs bé, benvingut a la fàbrica... de la monotonia.

–Tan avorrit és, això?

–Buf! Especialment si ho compares amb Melbourne. Si pogués conservar el sou que tinc aquí, me n'hi aniria ara mateix... Tinc la sensació d'estar-me florint, com si fos un vegetal més d'aquesta maleïda jungla! Potser la delegada s'hi troba bé, ella que està entre semblants... Però no t'ho pensis: li agrada molt fer-se passar per índia compromesa, i en realitat, sempre que pot, toca el dos. «Vaig a retre comptes a la fundació», ens diu, i el que passa és que va a veure al seu pare, en Tony Rajendra.

En Murray se'm quedà mirant com si esperés algun comentari per part meva. En veure que no reaccionava féu un esbufec:

–En Tony Rajendra, noi... Director adjunt del Marshall Bank, la institució responsable de la Marshall Foundation. Et sona més, això? La delegada està aquí per vigilar que ni nosaltres ni en Braddock no fem dolenteries. Bé, no és tan estrany tampoc: ningú amb dos dits de front no donaria diners i carta blanca a un il·luminat com ell!

–Pel que sembla, el doctor Braddock és força singular...

–Singular? Mira, en Roy «Gira-sol» Braddock tocava la guitarra en un grup a l'època de l'amor lliure! Gira-sol era el seu nom de guerra, saps? Van gravar discos i tot, i n'he sentit algun... Una cosa delirant! El tio va estar penjat durant molt temps. I si avui té aquestes arrugues és a causa dels excessos de la seva joventut! Però no te n'acabis de refiar... En Braddock fa temps que va tallar amb tot allò. A vegades es fa l'excèntric, però és només un paper per descol·locar-nos a tots: a nosaltres i als de la fundació.

L'Hemalatha aparegué per retirar uns quants plats. La presència de la cuinera féu callar en Murray per uns instants, durant els quals alternà engolides de *porridge* amb glops de cervesa.

–Escolta –vaig decidir-me a dir-li–, i com vas arribar aquí, tu?

En Murray aixecà el cap:

–T'ho he dit abans, noi: pel sou. Em vaig deixar comprar, saps? Em van oferir un munt de dòlars a canvi del meu talent i les meves idees. I jo vaig estar d'acord amb el tracte. És cert, penso treballar fins a estar podrit de diners: llavors tornaré a Melbourne com un senyor i faré el que em plagui. Però mentrestant m'he d'estar aquí, mort de fàstic, pregant perquè no s'acabi la Foster's[7] abans que n'arribi una nova remesa i esperant que el vell Gira-sol es decideixi a tirar endavant els seus experiments d'una vegada!

–Vaja...

Vam quedar en silenci. Jo estava una mica descol·locat. Acabava d'arribar i encara no sabia fins a quin punt podia donar gaire crèdit a aquell australià tan brusc. En Murray escurà l'últim glop de la llauna i tot seguit l'amanyogà sorollosament, deixant-la tota rebregada. Llavors s'aixecà, disposat a anar-se'n.

–Perdona! –vaig afanyar-me a dir, deixant la torrada al plat–, el doctor Braddock m'ha dit que tu o la Parvati em podríeu necessitar, de manera que si puc ser útil en res...

En Murray s'havia deturat al llindar de la porta:

–Això t'ha dit?

–Sí...

–Està bé. Potser em pots donar un cop de mà. Vine, doncs.

Vaig alçar-me i vaig voler deixar la safata amb el menjar –encara sense tocar– en algun lloc. En Murray ho veié i digué:

–Deixa-ho on et roti. Ja ho recollirà l'Hemalatha.

7. Foster's: marca de cervesa australiana, molt popular al seu país d'origen.

Vam sortir al passadís i ens vam dirigir a la part del darrere. A fora vam resseguir el contorn de la piscina tot sencer. Jo el seguia, amatent. Un cop vam haver fet tota la volta, en Murray em féu aturar:

–Hauríem de comprovar una cosa, en primer lloc... Espera'm aquí.

S'encaminà a un petit cobert i en tragué un aspirador de piscina. L'alçà amb dificultats i el posà dins l'aigua:

–Aguanta-ho un moment.

Vaig agafar l'aspirador.

–Cal comprovar que funciona correctament. El podem necessitar més endavant. Repassa bé el fons, i quan acabis, vés a veure la Parvati. Jo m'haig de tancar al búnquer. El doctor Mamadou em deu estar esperant.

Es portà un dit a la templa dreta, em féu una salutació a manera de comiat i marxà cap al laboratori. Vaig començar a fer lliscar l'aspirador pel fons de la piscina. Quan ja feia una estona que hi estava embrancat, em van tustar l'espatlla:

–Què fa, senyor?

Era en Kumar.

–Vostè és molt amable d'ajudar-me –em digué–, però netejar la piscina és feina meva.

VIII

«Hola, Marc,

Estic esperant algun correu teu des que et vaig escriure. Com és que no contestes?

Espero que no et passi res. Això d'estar tants dies sense saber res de tu em fa passar ànsia, a mi i als teus pares. Vaig anar a la teva facultat per veure si en Gómez tenia notícies teves, però, és clar, a aquestes alçades, en ple mes de juny, els professors campen a la seva i no el vaig saber trobar enlloc. I com que tampoc no coneixes gaires alumnes ja no vaig anar ni al bar...

Vull pensar que encara no estàs instal·lat del tot, i que potser des d'on ets no és fàcil comunicar-se, però si et plau, dóna senyals de vida, que vull saber si t'haig de venir a buscar.

Bromes a banda, també tinc ganes de saber què penses de tot allò que et vaig escriure.

Mil petons i abraçades,

Marta»

IX

«Estimada Marta,

No t'he escrit fins ara perquè he trigat una mica a saber com funcionava tot. Aquest lloc és un món en si mateix, hi ha coses que, dues setmanes després d'haver arribat, encara no acabo d'entendre. Recordes tot allò dels protocols de comunicació amb l'exterior? Doncs fins ara ningú me n'ha dit res, o sigui que al final m'he decidit a escriure i navegar tant com vulgui, i si de cas no els sembla bé suposo que ja m'avisaran.

He estat pensant en tot allò que em deies al teu missatge. Potser sí que no ho vaig fer prou bé, i em sap greu haver-te tractat amb poca consideració, encara que ni et volia molestar ni ho vaig fer a posta. No tenia gran cosa a fer a Barcelona, o sigui que vaig pensar que m'havia de decidir cap alguna banda, que havia de buscar-me la vida... No ho sé, espero haver-la encertat, tot i que la veritat és que ara per ara no veig clar de què va el projecte.

De moment m'han encomanat encarregar-me d'unes analítiques. Sé que estan relacionades amb uns experiments que estan duent a terme al búnquer, que és la zona reservada als investigadors. Jo, com a mer tècnic de laboratori, no hi tinc accés. La veritat és que no sé per què fan venir algú de tan lluny per encarregar-se només d'això. Bé, d'això i de l'estabulari, que és el que em dóna més feina perquè és immens. Només netejar-lo ja m'ocupa una bona estona... El cas és que qualsevol estudiant de segon o tercer curs podria ocupar-se'n amb la mateixa solvència que jo, o sigui que espero que tot plegat només sigui un primer pas cap a quelcom més interessant.

La fauna d'aquí és ben curiosa. Hi ha un australià no gaire agradable, en Murray, que deu tenir uns trenta anys llargs. No para de beure cervesa i sempre està de mal humor. És el responsable de no sé quina maquinària relacionada amb els composts que jo analitzo dia sí dia també, però a banda d'això desconec si té d'altres atribucions. De la Parvati tampoc en puc dir gran cosa. I és que aquí cada u va a la seva, i et pots passar un dia sencer sense parlar amb ningú. Ah! la Parvati és la coordinadora del centre. És americana d'ascendència hindú, però no conserva gaire les arrels... És força simpàtica i es preocupa d'atendre'm en el que em calgui. Pel que fa al cap del projecte, el doctor Braddock, no sé pas què pensar-ne. Per a la Parvati és un geni, però segons en Murray és un il·luminat. Es veu que de jove era un hippie de ca l'ample... El dia que el vaig conèixer em va dir que encara que la meva tasca em semblés insignificant, tenia molta importància si me la mirava des d'un punt de vista còsmic!

A part dels indis que treballen per aquí (en Kumar, de manteniment, l'Hemalatha, la cuinera i la Kavita, secretària), i dels altres que t'he comentat, hi ha el doctor Mamadou i en Katsumi. El doctor Mamadou és el metge senegalès que em féu l'entrevista. Com que treballa de nit l'he vist molt poc, i quan alguna circumstància ens ha fet coincidir, tampoc hem parlat gaire: ell és molt eixut de paraules, i a mi ja em coneixes. L'únic que em queda per descobrir és en Katsumi. És un investigador japonès que s'ha agafat uns dies de vacances i ha de tornar ben aviat. Espero que no sigui tan figura com en Murray!

Tinc un bungalou per a mi sol que està força bé, encara que fa una mica d'olor d'humitat, com gairebé tot el centre. Per sort, té dues finestres i el puc airejar bé. D'aquí a uns dies, quan estigui instal·lat del tot, podem fixar un dia i una hora de la setmana per parlar, oi? Ja t'ho comentaré.

Petons,

Marc

PD: Ah! Sàpigues que t'enyoro... De segur que més del que et penses.»

X

—Què? Escrivint a casa?

Era la Parvati. Anava amb un vestit jaqueta. Era la primera vegada que la veia vestida de carrer. Duia un maletí, que deixà en una cadira. Jo escrivia a l'ordinador. S'acostà fins on em trobava i recolzà el cul a la taula. La tenia a la meva dreta i estàvem sols a la sala.

–Sí...

–I a la teva xicota? –digué, mirant-se'm de biaix.

–També...

Va repassar la pantalla de cua d'ull. Vaig obrir una altra finestra amb un correu per compondre. Ella rigué:

–Tranquil, home. No entenc ni un borrall del que hi posa. Tot i que sóc californiana, l'espanyol no és una de les meves habilitats...

–No és espanyol, és català.

–Català?

–Sí. És un idioma que també parlem allà.

–Ah, sí? I és tan passional com l'espanyol?

–No ho sé... Mai no m'ho he plantejat.

–Per què no me'n llegeixes un tros?

–Doncs...

–Si us plau...

–Està bé –vaig tancar la finestra: –«Estimada Marta: no t'he escrit fins ara perquè he trigat una mica a saber com funcionava tot. Aquest lloc és un món en si mateix, hi ha coses que, dues setmanes després d'haver arribat, encara no acabo d'entendre....».

–... encara no acabo d'entendre –repetí ella, imitant-me amb dificultats.

Tots dos vam riure. De sobte, ella digué, mirant la pantalla:

–Ei, aquest és el meu nom! A veure: una, dues i tres Parvatis! I què dius de mi, si es pot saber? Espero que coses bones...

Vaig estar a punt d'obrir una altra finestra nova, però al final no ho vaig fer:

–Res... Explico a la Marta la gent amb qui treballo. Mira, veus? Aquí hi ha en Murray, aquí el doctor...

La Parvati negà amb el cap, mig somrient:

–Ja, però encara no m'has respost... Què li dius, de mi, a la Marta?

–Doncs... Que et preocupes d'atendre'm i que... ets força simpàtica.

–Força simpàtica? –exclamà–. Sóc molt simpàtica. Ja pots corregir-ho ara mateix!

Vam riure de nou:

–Bé, ja veig que m'hauré d'esforçar una mica per caure't millor... Ara, espero que la teva Marta no sigui gelosa...

–La Marta? No, no, i ara...

–Millor. Doncs bé –continuà en to distès–, suposo que amb aquesta correcció, el missatge ja té el vistiplau per ser enviat... I ara, ja cal que t'apliquis a les analítiques i a l'estabulari; és la millor manera de demostrar la teva vàlua i el teu compromís amb el projecte... Especialment si vols arribar a ser contractat com a investigador.

Vaig fregar-me el clatell. Em sentia tan poc ubicat que la possibilitat de ser contractat i desenvolupar una carrera professional a la fundació em resultava estranya i llunyana al mateix temps.

–Jo? Sí... m'agradaria.. Però... –no sabia com continuar– com puc demostrar la meva vàlua fent unes tasques tan elementals?

–Suposo que deus ser conscient que la Marshall Foundation et va seleccionar pel teu nivell de coneixements, el qual, segons l'expedient, és certament bo. Que la tasca sigui elemental o no és secundari, el que importa és saber si desenvolupar-te professionalment aquí t'interessa. De fet, la fundació vol estabilitzar plantilles de professionals que sàpiguen sacrificar la seva vida personal per afavorir el progrés.

La Parvati em somrigué abans de continuar:

–Herois de la ciència, en definitiva.

–És molt... interessant –vaig respondre a mitja veu.

La Parvati s'aixecà per marxar i agafà el maletí. Abans de sortir, digué:

–Tingues confiança, Marc. Crec que pots arribar a ser una part important d'aquest projecte. Estic segura que quan el coneguis en profunditat t'apassionarà tant com a mi. –Afegí:– Ah! I ja ho saps, si em necessites per a qualsevol cosa, només m'has d'avisar.

XI

«Hola, Marc,

Finalment tenim notícies teves! Déu n'hi do a quin lloc has anat a parar! Espero que aviat et donin un altre càrrec, perquè per fer quatre analítiques i cuidar rates ja et podries haver quedat amb mi. I quin personal, no? Per cert, dius que en Murray té uns trenta anys llargs. I la Parvati, quants en té?

Ah! Per fi s'ha confirmat el rumor, han convocat oposicions. M'ho va dir ahir en Pere i aquesta vegada hi ha moltes places. Les proves seran entre finals de desembre i primers de gener. T'ho pots creure? Sempre les havien convocat pel juny i ara seran enmig de les vacances de Nadal. Increïble!

He pensat que potser pots demanar d'estar-te menys temps aquí i tornar just abans dels exàmens. Tindries temps d'estudiar? Si t'interessés presentar-t'hi, jo mateixa et faria els tràmits i també et podria buscar un temari i enviar-te'l per correu electrònic... Estic segura que te les trauries, i pensa que la plaça és per a tota la vida! Ja sé que sempre dius que no vols fer de professor, però et creus que hi ha gaires professors que s'hi dediquin per gust? Jo crec que cal mirar-s'ho d'una altra manera: és una feina amb un bon sou, un bon horari, tres mesos de vacances... et deixa temps per dedicar-te a altres coses, pots seguir col·laborant amb la Universitat però no en depens... Ja veus que tot són avantatges (he, he)! Pensa-t'ho, si et plau, que si t'apuntessis em donaries una gran alegria... Em reconciliaria del tot amb tu i amb l'Índia ☺!!!

Mentre t'ho rumies, jo aniré fent. No saps el que m'espera, ara! Setanta-set temes al temari! Se'm cremaran els ulls... Espero que no se'm panseixin prou per no agradar-te. Jo també t'enyoro molt, m'havia passat pel cap escapar-me a veure't algun dia, però entre el preu de l'avió, la distància i ara això de les oposicions, em sembla que m'hauré de conformar amb les fotos.

I a veure si quedem d'una vegada per parlar, no?

Un petonàs i una abraçada,

Marta.»

XII

La Parvati havia marxat del centre al cap de poques hores de la nostra conversa a la sala d'ordinadors:

–L'he enviada a Califòrnia –em digué el doctor Braddock–. A ella sempre li fa gràcia d'anar-hi i jo vull que posi la fundació al corrent de les diverses possibilitats que les investigacions van generant. Ho podríem fer per videoconferència, però a banda que les connexions aquí no són gaire bones, prefereixo que la vegin a ella. El *charme* sempre ajuda, i la senyoreta Parvati en té molt, d'encant, no creu, senyor Soler?

–Sí, és clar...

–Just abans de partir a Amèrica, la senyoreta Parvati m'ha comentat que el veia amb una disposició excel·lent...

El doctor Braddock m'havia cridat al seu despatx per tenir un petit canvi d'impressions mentre la Kavita acabava d'enllestir el contracte.

–Bé, de fet, jo...

–També sé –continuà el doctor, tallant-me sense miraments– que està molt interessat en la plaça d'investigador que la fundació pot oferir-li passats els nou mesos de col·laboració. No és així, senyor Soler?

–Com? Oh, sí, sí..., és clar.

El doctor Braddock somrigué:

–Recordo que en la nostra primera xerrada va mostrar un interès evident per conèixer els objectius que perseguim. Això és molt lloable per part seva, perquè denota un grau de compromís en potència que de ben segur plaurà als alts responsables de la fundació. No dubti que em posaré en contacte amb la senyoreta Parvati perquè pugui informar-los correctament de tot això.

Vam sentir que trucaven a la porta i la Kavita tragué el cap al despatx:

–El contracte és a punt, doctor Braddock –digué.

–Molt bé. Doncs emporti's el senyor Soler al seu despatx i una cosa més que tindrem enllestida.

Havia vist la Kavita amb anterioritat, però fins llavors encara no l'havia tractada mai. Era una dona d'uns quaranta anys, discreta i distant. Em féu llegir el contracte dues vegades i insistí especialment en dos apartats. Al primer s'hi mencionava l'obligació de no revelar res sobre la nostra feina sense l'autorització prèvia del doctor Braddock:

–El doctor Braddock dóna un vot de confiança a tots els investigadors respecte d'aquest punt. Però si s'assabenta que algun d'ells incompleix aquesta part del contracte, té potestat per rescindir-lo immediatament.

Aquesta obligació devia estar relacionada amb aquell protocol de comunicació amb l'exterior. Jo encara no l'havia aplicat mai, aquell protocol, entre d'altres coses, perquè ningú no me n'havia parlat més.

Al segon apartat, s'indicava que cobraria el sou a través d'un compte corrent obert al Marshall Bank, i que en cap cas no podia demanar de cobrar-lo a través d'una altra entitat. Qüestions d'hisenda, em digué la Kavita.

Finalment em demanà el passaport. Com que només tenia visat de turista, en teoria no podia treballar a l'Índia. Per tal que tot fos legal, ara que ja tindrien el contracte signat, me'n demanarien un de treball.

Un cop vaig haver signat, vaig tornar a la feina, però abans, vaig aturar-me un moment al despatx del doctor Braddock:

–Puc passar?

–Senyor Soler! Ja ha signat? Li ha quedat tot clar?

–Sí, sí.... Bé, no tot.

–Expliqui's.

–Resulta que he estat parlant de la meva feina amb la meva xicota, per correu electrònic.

El doctor m'examinà per uns moments:

–És gaire seriosa, aquesta relació?

–Com?

–No es molesti, li ho prego. Em preocupo per la vida personal del meu equip, però no em poso en cap cas en els seus afers.

–Bé, doncs... Sí, és seriosa. Però encara no hem parlat de casar-nos ni...

–Tranquil, home. No cal que em doni explicacions ni que es justifiqui. Com li he dit no és assumpte meu. Què em volia comentar?

–Doncs que el contracte...

–Sí...?

–El contracte diu allò que cal demanar-li autorització abans de parlar amb l'exterior...

–Veig que vostè és una persona molt responsable, senyor Soler. No es preocupi. Vostè parli del que vulgui amb la seva xicota! Expliqui-li quina pinta faig. Digui-li quantes cerveses pren el senyor Murray cada dia. Escrigui-li si sent que el doctor Mamadou diu més de tres paraules seguides. Però això sí! No li digui gran cosa de la senyoreta Parvati, li ho recomano. Per alguna estranya raó, aquesta noia té la facultat de despertar l'enveja de les seves congèneres! Ha quedat prou clar?

–Sí, però...

–Res, home, res..., vostè comuniqui's sense por. I no escrigui només correus electrònics: faci també algun xat...

Dit això, el doctor deixà de somriure, i bo i concentrant-se de nou en les seves ocupacions, prescindí de mi de tal manera que em vaig sentir impulsat a marxar cap al laboratori, ben silenciosament i sense ganes de preguntar res més.

XIII

M**arc**: com és que t'has posat Marc Solà de *nick*?

Marc Solà: si em poso nom de noia, no em deixen en pau

Marc: i tu què fas, llavors?

Marc Solà: doncs anar tancant finestres com una desesperada. Per sort, avui se m'ha ocorregut que, fent servir el teu nom, no cridaria l'atenció dels nois

Marc: doncs ja ho veus: la meva sí que l'has cridada

Marc Solà: és l'única que m'importa

Marc: com va tot, per Barcelona?

Marc Solà: mira, una mica com sempre, però amb les oposicions per entremig, sense temps per anar a la platja i sense noi per sortir a sopar. I per la jungla com va?

Marc: doncs ara plou força, però diuen que els aiguats forts seran entre l'agost i el setembre. Durant el juliol les pluges no fan res més que començar. Veient com cau l'aigua, però, ja et puc dir que tot això quedarà ben empantanegat.

L'avantatge és que almenys refresca una mica

Marc Solà: i la feina? Ja fas alguna cosa més o segueixes exercint de becari?

Marc: el doctor Mamadou m'ha ensenyat el seu mètode per extreure òvuls de les rates sense matar-les. Primer els haig d'injectar gonadotropines[8] per fer-les madurar hormonalment: les hi inoculo punxant-les a l'abdomen. Quan la maduració ja és un fet, les anestesio amb un preparat especial que en facilita una recuperació molt ràpida. Això ens permet començar el tractament hormonal de nou perquè se'n puguin tornar a extreure òvuls en poc temps

Marc Solà: vaja, que exploteu les pobres rates

Marc: sí, ja ho pots ben dir! Quan ja estan al punt, els faig una endoscòpia i amb una micropunció n'obtinc els òvuls, entre vint-i-cinc i trenta per cada operació. No sé que en voldran fer, de tants òvuls, perquè la veritat és que la nevera cada cop està més plena

Marc Solà: tant estudiar per acabar cultivant ous de rosegador. Què? T'has pensat allò que et vaig dir de venir abans i presentar-te a les *opos*?

Marc: encara no. És que això dels òvuls només és el començament. Als pocs dies d'estar aquí, la Parvati em va dir que estaven buscant gent compromesa amb el progrés, que la fundació desitjava crear plantilles estables d'investigadors

Marc Solà: pel que sembla, aquesta Parvati té ganes de convèncer-te, no? O sigui que ara resulta que et podries quedar més temps aquí.

8. Gonadotropines: família d'hormones emprades en la maduració d'òvuls.

Marc: tranquil·la, dona, que no estic dient que vulgui quedar-me aquí. Només t'ho explico per demostrar-te que el meu paper no serà sempre tan banal

Marc Solà: ja

Marc: encara que, és clar, no puc negar que sí que em va fer gràcia això de tenir la possibilitat de treballar en el meu camp. No és gaire freqüent, a casa nostra

Marc Solà: i com n'estàs tan segur, que sigui el teu camp, si no saps ni què esteu investigant? Jo, almenys, sé que em dedicaré a una activitat honesta com és fer classes. Tu, en canvi, no pots assegurar que no estiguis col·laborant amb un nou doctor Mengele[9]

Marc: sí, ja sé que la teva dèria és que m'oblidi de la ciència i passi a allistar-me a l'amargat i deprimit exèrcit dels professors de secundària

Marc Solà: ah, moltes gràcies! Ara resulta que segons tu sóc una amargada i una deprimida. Mira, només opino que ho tindries molt fàcil per entrar-hi, i tampoc no cal que t'hi dediquis tota la vida, a fer classes! Hi ha excedències, permisos...

Marc: ja saps que no m'ha interessat mai fer de professor. No veig per què tots els alumnes han d'aprendre's què és un mitocondri. Ni els importa gens ni mica ni els serà de cap utilitat en el futur. Mira, Marta, tinc com la necessitat de comprometre'm amb alguna cosa que jo mateix hagi escollit, amb alguna cosa que hagi decidit per mi sol

Marc Solà: ja. Pensava que estaves compromès amb mi i que ho estaves per decisió pròpia

9. Doctor Mengele: metge alemany que exercí durant el III Reich, famós pels seus aberrants experiments amb conillets d'índies humans.

Marc: és clar que hi estic per decisió pròpia! Però això és diferent! T'estic parlant d'una altra mena de compromís!

Marc Solà: ah sí? De quin? Necessites l'aval d'aquesta fundació, per sentir-te part d'alguna cosa? A mi no em cal tot això, Marc. Jo sé que t'estimo i amb això en tinc prou

Marc: ja, però tu no tens cap inconvenient a vendre't per treballar

Marc Solà: què dius?

Marc: ai, Marta, em fas escriure massa ràpid. Perdona, no t'enfadis! Vull dir que a tu no et fa res fer de professora, però en canvi no t'agrada ensenyar!

Marc Solà: sí, ara intenta-ho arreglar! Vols que et digui el que m'agrada, Marc? M'agrada prendre el sol a Menorca, això és el que m'agrada. Creus que trobaré algú que vulgui pagar-me-la, una feina així?

Marc: molt bé, d'acord. En aquesta vida s'ha de treballar. Doncs per què no t'agrada que em busqui la vida aquí?

Marc Solà: em sembla molt bé que et busquis la vida aquí, però aleshores sigues franc amb mi, Marc. Estic veient que no compartim la mateixa base, que no partim del mateix lloc. No tenim massa en comú, saps? I no veig ni una sola mostra d'amor en cap de les teves paraules... ni cap ganes de compartir el teu futur amb mi

Marc: marta

Marc Solà: què?

Marc: doncs que

Marc Solà: no diguis res més, Marc. Ara veig clar que l'única cosa que volies era marxar

XIV

No vaig tornar a xatejar amb la Marta. Em moria de ganes de parlar-hi, però temia tornar a discutir sobre feina, oposicions o grans distàncies. Li hauria volgut comentar més coses d'aquell centre al mig de la selva, explicar-li quines eren les meves especulacions respecte de la naturalesa del projecte, fer-li saber que tots aquells investigadors em feien sentir més estrany del que ja era habitual en mi, reconèixer-li que sovint em sentia desplaçat, i dir-li, finalment, que em delia perquè tot allò em portés a algun lloc.

Però per comptes d'això, durant un temps vaig dedicar-me a muntar-li presentacions de diapositives amb les fotos que havia fet fins llavors. Acostumaven a ser llarguíssimes i plenes d'animacions, i la seva confecció solia ocupar-me moltes hores mortes. Al final, però, sempre acabava per esborrar-les sense que mai n'hagués arribat a enviar-n'hi cap.

A més, tenia poques facilitats per relacionar-me. Els investigadors treballaven més conjuntament que mai i amb prou feines si reparaven en mi. Només vaig ser requerit pel doctor Mamadou per fer-me aquella analítica que en Braddock m'havia demanat. Però a banda d'això, la meva relació amb tots els altres era purament accidental: coincidia amb algú al menjador i poca cosa més... Des que la Parvati havia tornat d'Amèrica, la investigació semblava haver-los absorbit del tot. Havia estat dues setmanes fora, i quan va arribar no vaig poder-la ni saludar. Es va tancar amb el doctor Braddock, i unes hores després convocaren en Murray, en Mamadou i en Katsumi (el japonès havia acabat les seves vacances poc abans) al búnquer. Aquelles reunions van durar tres dies. Òbviament, els posava al corrent de la seva trobada amb els de la Marshall Foundation.

Després vaig sentir com, força sovint, el doctor parlava acaloradament amb la Parvati, sempre dins la seva àrea de treball. Però encara que m'esforçava a parar l'orella, mai no vaig aconseguir desxifrar-ne més d'una paraula sencera. La investigació va seguir el seu críptic curs durant l'estiu i, mentrestant, jo anava fent el que m'havien encomanat ben bé d'esma, i en veure'm incapaç d'esbrinar de què anava tot allò, em perdia amb creixent facilitat entre les ombres de la boscúria salvatge que veia a través de la finestra de davant la taula de treball.

Quan l'agost ja va estar pràcticament finit, els resultats de les generoses pluges que havia portat eren ben palpables en la verdor exuberant dels arbres i les plantes. Això m'omplí de recança envers l'estabulari, tan uniforme en el seu color i en la seva ferum. Suposo que per aquesta raó vaig acabar traslladant part del meu treball amb les rates al minilaboratori del passadís. Però per molts òvuls que extreia, mai no em van dir que parés, i la meva relació amb les rates va adquirir la mateixa rutina que la que deu tenir un oficinista de correus amb els segells: la d'una convivència tan ineludible com insubstancial. Els dies, doncs, se'm feien llargs i avorrits.

La presència d'en Katsumi, que tenia la meva mateixa edat i era molt extravertit, no alterà gens aquesta situació. Durant els dies posteriors a la seva arribada, cap allà al final de juny, encara havíem parlat uns quants cops. M'explicà que havia patit un petit col·lapse a causa de la feina i que la mateixa fundació l'havia enviat a les illes Maldives per desconnectar. Em confessà, però, que un cop a les illes només desitjava tornar a Kumily.

En Katsumi duia els cabells llargs. Era prim com un secall, nerviós de mena i força alt pel que m'esperava jo d'un japonès. Parlava un anglès horrible farcit d'argot. A més a més, es menjava la meitat de les frases i em costava molt d'entendre'l. No tenia inconvenients a parlar malament de qualsevol dels membres de l'equip:

–Quin parat, en Mamadou! Sembla que li descomptin les paraules del sou, oi?

Segons ell, havia rebut bona part de l'educació en institucions benèfiques de poca volada. Com que sempre destacà per damunt dels seus companys rebé diverses ajudes que li permeteren d'accedir als estudis superiors. Fins i tot s'havia acabat doctorant a Singapur, referent mundial en biotecnologia. Potser era una inclinació innata o el resultat d'haver superat moltes dificultats, però el cas és que es tenia en una gran consideració:

–Tot el projecte està ple de lapsus... Ni en Braddock ni la Parvati no arribarien gaire lluny si jo no els ho fes notar...

–Però, amb què estem treballant exactament, aquí?

–A veure: tu no et passes el dia recol·lectant òvuls? –en Katsumi arrufà el nas–. El sake[10], home, el sake! La cervesa, el pa, el formatge, el vi! La penicil·lina!

–Sí, és clar, però...

–Però, però, però... La biotecnologia no és només cosa de tomàquets sense llavors, no? Pensa una mica, home!

I com si l'ofengués la meva manca de perspicàcia, deixà progressivament d'atendre'm, de manera que unes setmanes després d'haver-lo conegut ja hi tenia una relació més eixuta que la que m'unia al doctor Mamadou.

Aquest panorama em portà a cercar l'entreteniment a la biblioteca, però allà només vaig trobar-hi manuals de gestió de cultius i atles naturalistes (el Jungle Research Centre havia estat la seu d'una plantació estatal de te i espècies primer, i un centre d'investigació sobre fauna i flora local després). Llavors se m'acudí d'usar la meva guia turística per a la lectura, però el cert és que era una text sense cap gràcia ni misteri. Fou aquest conjunt de circumstàncies el que m'impulsà a escriure algunes notes, a afegir-los les fotos que feia amb la càmera, els retalls que trobava aquí o allà i em semblaven interessants, així com la impressió dels missatges electrònics que rebia o de les converses que havia mantingut amb la Marta.

10. Sake: licor tradicional japonès, obtingut a partir d'arròs fermentat.

Encara ens vam enviar alguns missatges més. Vaig saber que ella, en Pere i la Sílvia –els seus millors amics–, s'havien apuntat a una mateixa acadèmia per preparar-se les oposicions, i també que quedaven sovint per estudiar de més a més. Fos com fos, el cert és que en aquells escrits tots dos miràvem de prescindir de les nostres diferències, limitant-nos a fer un informe de les novetats. Però tant ella com jo teníem molt poques novetats per explicar-nos, de manera que els nostres missatges van anar fent-se més neutres i breus com més temps passava, fins a desaparèixer pràcticament del tot.

I així s'anaren escolant les setmanes, i en les encara més solitàries hores de l'albada o el capvespre, quan estava reclòs entre les quatre parets d'aquell bungalou humit, em descobria a voltes preguntant-me si no hauria hagut de quedar-me a Barcelona per comptes de marxar a un lloc aliè i desconegut, on la meva presència no tenia cap importància ni semblava interessar a ningú.

XV

Una tarda de la darreria d'agost estava potinejant la càmera digital quan algú va trucar a la porta del meu bungalou:

–Marc? Hola, sóc la Parvati! Puc passar?

Vaig mirar la pantalla de la càmera. Acabava de fer-me un autoretrat. Tenia poc color, anava escabellat i m'havia aprimat força. Abans d'obrir, vaig esborrar la foto i vaig apagar la càmera.

–Hola, Parvati –feia tant temps que no parlava amb ella que l'únic que se m'acudí fou preguntar-li pel viatge que havia fet dos mesos abans–. Com va anar per Amèrica?

Se'm mirà un xic sorpresa:

–Molt bé. És que a mi m'encanta Califòrnia, saps? –I afegí, en to de broma: –De gran vull viure allà. Seiem?

Vam seure a l'entrada del bungalou. En Kumar passà traginant unes mànegues més enllà de la rotonda.

–I tu, com ha anat tot aquest temps? Estàs molt prim... Que has fet vaga de fam?

Vaig procurar somriure mentre remenava la càmera:

–M'he cansat de la pizza i els espaguetis. I a la *masala dosai* encara no li he trobat el gust.

La Parvati feia bona cara. Tot i passar moltes hores al laboratori, tenia la pell lluent i tan bruna com de costum.

–Fas una cara estranya... Què et passa? Hi ha cap problema?

–Bé..., potser estic una mica avorrit.

–Ah, és això! Però el doctor m'ha dit que mai no vols nedar amb ell. I amb en Katsumi no t'hi has fet gens tampoc, tot i que és molt simpàtic. Entenc que en Murray i el doctor Mamadou no et diguin gran cosa, però... I què fas, per distreure't?

Vaig pensar en els meus entreteniments. Em vaig adonar que només escriure m'omplia una mica.

–Jo... Escric.

–Escrius? Una novel·la?

–No, i ara... És... una espècie de diari.

–Un blog?

–No, ho faig a mà, a la manera dels avis.

–Hum! Interessant. És en anglès?

–No, en català.

–Vaja, quina llàstima, així no el podré xafardejar...

Vaig somriure, abaixant el cap. Vaig engegar la càmera sense voler, però la vaig apagar de seguida.

–De tota manera, Marc hauríem d'aclarir això del diari –continuà.

–Què vols dir?

–Mira: he estat parlant amb el doctor Braddock. Crec que has demostrat el teu interès amb escreix, i si no hi tens cap inconvenient i t'avens a obeir el protocol de comunicació amb l'exterior, considerem que estàs a punt per adoptar un nou paper en el projecte, encara que tot just si fa tres mesos que ets aquí.

La notícia em sorprengué:

–Ah sí? Vaja! La veritat és aquests dos darrers mesos se m'han fet una mica llargs... Tinc moltes ganes de fer coses noves.

–Doncs ja ha arribat la teva oportunitat! Saps? Estic segura que et fascinarà tot el que ens espera. Ja ho veuràs, confia en mi.

Em dedicà un dels seus somriures esplèndids.

–Llavors... –vaig balbucejar–, fantàstic!

La Parvati s'aixecà i em donà la mà per ajudar-me a fer el mateix:

–Pel que fa al protocol que et comentava, et quedaràs sense accés a Internet, sense mòbil i sense possibilitat d'usar el fix, tret que necessitis comunicar-te per un cas de força major.

–Vaja! –vaig dir–. És la incomunicació total!

–No, home, no! De primer, encara pots escriure a qui vulguis per notificar-li la teva nova situació. I de segon, podràs seguir rebent correus en una adreça específica que et donaré després. Però en Kumar rebrà l'ordre de no tornar-te a donar la clau de la sala d'ordinadors. Ah! I el diari també el pots anar fent, però has de pensar que la fundació tindrà potestat per apropiar-se'l si en algun moment ho considera oportú: el protocol de comunicació amb l'exterior regula també tota la producció susceptible d'esdevenir informació sobre les nostres activitats: vídeos, fotografies, blogs...

La Marta els hauria acusat de sectaris en conèixer unes condicions tan draconianes. A mi no m'importava: només desitjava que alguna cosa canviés.

–I ara, vine amb mi. –I afegí:– Deixa la càmera, però.

Vaig deixar la màquina al bungalou i vam anar a l'edifici principal. Mentre pujàvem les escales, digué:

–T'hauria de fer escriure a casa abans d'ensenyar-t'ho, però sé que puc confiar en tu i que no diràs res. A més a més –xiuxiuejà, picant-me l'ullet–, tinc ganes de compartir algun secret amb tu.

Vam entrar en una habitació que no havia trepitjat mai. Com al búnquer, la porta només s'obria amb el xip apropiat, implantat a un palmell de la Parvati. Es tractava del petit laboratori del qual m'havia parlat el doctor Braddock; el que tenia per al seu ús personal. Em sorprengué que la Parvati hi tingués accés. Era petit, sí, però estava tan ben equipat com el laboratori oficial. La Parvati s'hi movia amb una desimboltura absoluta; es notava que hi entrava sovint. Es dirigí a una de les cantonades, ocupada per una vidriera opaca, i l'obrí, donant-me l'esquena. N'agafà alguna cosa i es girà lentament, amb molta cura. Sospesava un recipient de vidre transparent, força gros, semblant a aquells que s'usen per envasar préssecs de calibre extra en almívar. En veure'n el contingut, em vaig quedar glaçat:

–Però... Mare meva!

Els ulls se m'havien esbatanat:

–Què... –vaig balbucejar–, què és això?

–És el primer resultat del nostre projecte, Marc. Benvingut al club.

A dins del recipient, un petit personatge d'uns vint centímetres d'alçada surava en formol, tot despullat. Era d'edat avançada, conservava una bona quantitat de cabells blancs, i no obstant tenir els ulls clucs i el cap cot, el seu rostre es corresponia inequívocament amb el del doctor Braddock.

EL MÓN SENCER

XVI

«Estimada Marta,

Per fi ha succeït alguna cosa! Estic participant en el projecte de debò! Es tracta d'una cosa bestial, el que s'està preparant al centre és sorprenent, t'ho asseguro. Encara que t'ho pogués explicar amb detall, tampoc no te'n podries fer el càrrec!

De moment encara no he assolit la condició d'investigador (sempre haig d'entrar al búnquer acompanyat), però la veritat és que no és el que m'importa més en aquests moments. El cas és que, he acceptat les noves atribucions sense pensar-m'hi gens. Crec que a partir d'ara sí que valdrà la pena ser aquí. Dubtava si havia fet bé de venir, però participar en una experiència així, formar part de tot això... No ho sé, mai no havia tingut una oportunitat com aquesta.

Perdona que no sigui més explícit; no ho faig amb mala fe. El centre ha aplicat aquell famós protocol de comunicació a tots els treballadors en aquesta fase del projecte, i durant un temps no podré comunicar-me amb tu. Només podrem agafar el telèfon en cas de força major (de fet, m'han fet lliurar el mòbil i la càmera de fotos). No podré escriure't, però sí que podré llegir el que enviïs. L'adreça que has d'utilitzar a partir d'ara és: kavita@jungleresearch.net. A l'encapçalament has de posar el meu nom. Sé que sona una mica estrany, però en realitat només és una part més del compromís.

Em sap greu perquè no podré transmetre't ànims en els moments finals, quan ja tinguis les *opos* al damunt. Però estic convençut que triomfaràs, i espero que aquest missatge t'ajudi a convèncer-te'n sempre que en tinguis necessitat. Molta, moltíssima sort, Marta!

Una forta abraçada,

Marc

PD: també he escrit als pares. No els ho he explicat amb tant detall com a tu, o sigui que és possible que et truquin per esbrinar més coses. Espero que no et destorbin gaire: tu digues-los que estàs ocupada estudiant i així no t'importunaran més del necessari.»

XVII

—Ectogènesi, Marc.

Ectogènesi! Aquesta paraula ressonava una vegada i una altra dins el meu cap la primera vegada que la Parvati em portà al búnquer.

Era una gran sala sense finestres que recordava vagament un quiròfan. Al centre, separades per un passadís d'un metre i mig d'amplada, hi tenia dues bateries d'uns trenta tancs cadascuna, reposant damunt uns bancs d'alumini. Els tancs eren tots iguals: de forma cilíndrica, feien un metre d'alçada i mig metre de diàmetre. Eren completament opacs i estaven segellats hermèticament. Al capdamunt hi tenien un visor digital i una estació de comandaments i de mesures. A la base, la sortida de diverses intubacions que anaven a raure a un tauler de control que ocupava bona part d'una paret.

En Murray i en Katsumi, que no havien fet cap cas de la nostra entrada, eren en un extrem, operant sobre el tauler on finien els tubs. En Murray accionà algunes claus de pas, i tot seguit examinà ocularment uns quants tancs de la segona fila. Després vingué cap a la primera, i fou llavors que em saludà, sense apartar la vista dels cilindres en cap moment:

–Bon dia, torero. Al final s'han decidit a fitxar-te, eh?

Aleshores s'assegué a la taula des d'on diversos equips d'ordinadors controlaven l'equipament. En Katsumi l'imità i tots dos van submergir-se intensament en la successió de taules, gràfics i animacions que pampalluguejaven amb insistència a les pantalles dels ordinadors.

La Parvati s'acostà més al banc. Vaig imitar-la.

–Ectogènesi –repetí–, la gestació fora del cos humà.

No vaig reaccionar fins que van passar uns instants:

–La gestació fora del ventre...

–I més que això.

La Parvati premé els comandaments d'un tanc. En el visor digital hi aparegueren les sigles UDH en cortina. Uns segons després, les sigles es van dissoldre i van donar pas a una imatge clara i extraordinàriament definida: un fetus en avançat estat de gestació.

–Mentre aquests apocats de la Cornell[11] no passen dels catorze dies, o des de Tokyo[12] ens asseguren que només hem d'esperar quatre anys, nosaltres hem superat els

---

11. A la universitat de Cornell (EUA) es creà amb èxit el primer revestiment uterí artificial (2004). L'equip responsable de l'experiment interrompia la gestació dels òvuls fecundats i implantats entre el sisè i el catorzè dia (màxim permès per les lleis del seu país).

12. Un equip de la Universitat Juntendou de Tokyo, encapçalat per Yosinori Kubawara, és el pioner en el desenvolupament d'úters artificials en tancs de plàstic.

supòsits més atrevits o optimistes d'aquests dos equips i hem ultrapassat de llarg els llistons que s'havien fixat. No només hem aconseguit reproduir amb èxit tot el cicle de gestació intrauterina, sinó que gràcies a les prestacions i la potència del Receptacle de Desenvolupament Uterí (UDH)[13] ideat pel nostre amic Murray...

–Una Foster's, si us plau! –va interrompre ell en sentir-se al·ludit.

–... estem en condicions de possibilitar també l'evolució i maduració de l'ésser fins a un moment biològic més avançat...

–Com dius?

–Un naixement als dos anys, als deu, als quinze... Quants anys tens, Marc?

De manera que el petit Braddock havia estat gestat en un d'aquells recipients... No me'n sabia avenir:

–Déu meu! –vaig dir–. És... increïble!

–Ets creient, tu? –em preguntà en Murray.

–Ningú d'aquí no és creient ni practicant –intervingué en Katsumi–. Cap religió no acceptaria uns feligresos tan omnipotents a les seves files!

En Katsumi rigué de la seva pròpia agudesa i la Parvati se li afegí. En Murray, però, no estava d'acord amb el seu company:

–I què me'n dieu, d'en Braddock? Els seus deliris místics són ben religiosos!

La Parvati esbufegà:

13. UDH: sigla del terme en anglès, *Uterine Development Holder*.

–Però què dius? Només són una forma poètica de dir les coses.

–Sí, segur. Doncs potser ets tu, la creient. Parvati és nom de deessa, oi? I vosaltres els indis ho sacralitzeu tot, des dels arbres i les pedres fins a la placa base d'un ordinador.

–Això és veritat –digué en Katsumi–. Cremeu una mica d'encens per aquí i una mica d'encens per allà i amb això en teniu prou per convertir un lavabo en un temple!

Ara fou en Murray qui rigué amb en Katsumi. A la Parvati, però, no li féu cap gràcia:

–Calleu! No en teniu ni idea, del que parleu. En primer lloc, ja us he dit mil vegades que no sóc creient! Què hi té a veure, que em digui Parvati? Són creients totes les Maries d'Occident? I en segon lloc, no sóc índia! Sóc una científica americana, jo!

–Sóc una científica americana! –repetí en Murray amb un fil de veu–. Com es posa... Per un cop que no li dic delegada...

–Ets tan desagradable, Murray! Per mi ja te'n podries tornar a Melbourne!

–No et pensis que no m'agradaria. Espero que ho recordis quan et facin directora, a veure si em deixen marxar de l'Índia d'una vegada!

–I què et fa suposar que seré la propera directora, eh, Murray?

–Potser que a en Braddock li falta poc per jubilar-se i que tu ets filla de qui ets?

Vaig perdre el fil de la discussió. Sentia les veus, però no en computava les paraules. El búnquer, amb tots aquells receptacles gestant criatures al seu interior, els milers d'òvuls de rata que havia estat extraient durant tot aquell temps, el protocol de comunicació amb l'exterior... Tot allò em semblà d'unes dimensions molt superiors a la meva existència barcelonina, a les meves discussions amb la Marta i a la meva solitud del bungalou. Saber que anava a formar-ne part m'omplia tant d'expectatives com de vertigen. De sobte, un crit de la Parvati em retornà a la realitat immediata:

–Ja n'hi ha prou!

Un silenci aclaparador envaí la sala. Ella i en Murray s'escrutaven intensament. En Katsumi els observava expectant, amb un mig somriure que li feia arrufar el nas i ensenyar una mica les dents. Els ulls em van anar a parar a les mans d'ella. Tenia els punys closos i els estava alçant de forma gairebé imperceptible. Vaig aixecar el cap per veure què feia l'altre. Sense deixar de mirar-la, l'australià eructà sorollosament. Després, s'alçà de la cadira:

–Me'n vaig. Necessito una cervesa i algunes hores de descans.

En veure'l marxar, en Katsumi ens donà l'esquena per encarar-se de nou a la pantalla de l'ordinador, al mateix temps que cantussejava:

–Oh... Quina pena, s'ha acabat la funció...

–No estic per a més gracietes, Katsumi.

–Eh, princesa, no t'enfadis. Ho feia per no dramatitzar...

La Parvati se m'acostà, em posà una mà a l'espatlla i em digué:

–Mira, si no et fa res, continuarem més tard les explicacions. Potser el doctor Braddock també voldrà dir-te alguna cosa. I com que t'afegiràs a l'equip de control dels

UDH i aquest serà el teu nou lloc de treball, podries estar-te una estona amb en Katsumi perquè et comenci a ensenyar el funcionament de la màquina. Així t'hi aniràs familiaritzant, no trobes?

–D'acord.

El japonès i jo vam quedar-nos sols amb la seixantena de tancs, els tubs i els ordinadors. En Katsumi m'assenyalà la cadira d'en Murray:

–Seu aquí, que t'explicaré la lliçó –digué–. I fes el favor d'escoltar atentament: no suporto haver de repetir les coses.

XVIII

La Parvati em contà després que el doctor Braddock havia impulsat el desenvolupament dels UDH forçat per les complexes necessitats del projecte. Per a ell, els úters artificials tenien una importància específica i prioritària, però era el doctor Mamadou, en canvi, qui s'havia mostrat més entestat a desenvolupar-los. El senegalès realitzà un informe que havia fet furor entre els dirigents de la fundació. Segons l'informe, els Receptacles de Desenvolupament Uterí possibilitarien una excepcional gamma de possibilitats:

–Sense pensar-m'hi massa, se m'acut que les dones no haurem de deixar de treballar ni estarem condemnades a perdre la figura quan vulguem tenir nens. A tu t'agraden els nens, Marc?

–No ho sé... Bé, sí, suposo que sí.

–Oh, jo els adoro.

El doctor Mamadou era el pare «conceptual» dels UDH, però en Murray era qui havia fet possible el desenvolupament global de la maquinària. Paradoxalment, no aparentava tenir cap interès en els canvis revolucionaris que podia aportar l'invent. Per a ell, la qüestió principal havia estat resoldre un problema d'enginyeria, cosa que havia fet amb un encert inqüestionable.

La fundació vigilava en Murray des dels seus anys d'universitari. Un cop va doctorar-se, el van posar a prova durant uns mesos a la delegació de la Marshall Foundation d'Austràlia, i poc temps després estava en nòmina. D'això ja en feia vuit anys. Els darrers quatre l'havien destinat al Jungle Research Centre, on arribà un xic abans que la Parvati. La fundació n'estava contenta, d'en Murray: tenien la intenció d'oferir-li un bon pessic dels beneficis que els generés la futura comercialització dels UDH, ultra prorrogar-li l'estada al Jungle Research Centre durant cinc anys més.

Llàstima que fos un individu tan conflictiu i mal predisposat. Segons la Parvati, l'australià havia crescut en un entorn inestable que potencià les aspreses del seu caràcter. La importància que tenia dins el projecte feia que se li toleressin coses impensables, però últimament estava exhaurint el seu crèdit a marxes forçades.

En Katsumi inspirava en la Parvati una consideració molt diferent. El japonès treballava amb un entusiasme encomiable. Feia poc temps que l'havien contractat, tot just tres anys, però semblava que fos un veterà. Es trobava extraordinàriament a gust al centre, s'hi movia amb absoluta desimboltura i rendia com dos i mig. Aquesta mateixa diligència l'havia traït uns mesos abans. Jo era a punt d'arribar i la primera prova amb els UDH els obligava a restar en compàs d'espera fins a conèixer-ne els resultats (el petit Braddock...). La inactivitat resultà fatal per al seu sistema nerviós. Necessitat com estava d'activitat constant, en Katsumi patí un atac d'ansietat. Com que la fundació no estava disposada a perdre'l, l'havien llicenciat una temporada a les Maldives. Allà hi tenien un centre de rehabilitació a disposició dels investigadors que treballaven per a ells arreu del món. Hi podien descansar i afartar-se de practicar surf i *snorkel* fins a recuperar-se del tot. Feliçment, en Katsumi es va restablir força ràpid i ben aviat en van poder gaudir de nou.

Jo no en gaudia gaire, d'en Katsumi. Parlava molt ràpid, es menjava paraules i em costava entendre'l. Les meves preguntes li ho feien notar, i això el posava nerviós. Aquell primer dia dins el búnquer, per exemple, arribà a l'extrem de repetir-me les coses cridant, com si en comptes d'estar costat per costat tinguéssim la Ronda de Dalt per entremig. A despit d'això, però, la seva explicació em serví per fer-me una idea bastant precisa del funcionament dels Receptacles de Desenvolupament Uterí.

A imitació de la natura, l'òvul fecundat era dipositat a l'úter artificial: s'implantava al fons del receptacle, on queia per gravetat Aquesta implantació era possible gràcies a una solució líquida específica, que constituïa un medi idoni per a l'allotjament del nou ésser. Un sistema de sensors flotava per l'interior del receptacle per fer-ne un seguiment constant (temperatura, concentracions amniòtiques i de CO_2, pressió osmòtica...). Les dades s'enviaven als ordinadors i aquests regulaven la inoculació o no dels preparats químics (enzims, vitamines, hormones, aminoàcids essencials, solucions tamponadores[14]...) i l'oxigen, tot plegat distribuït des del tauler de control. En realitat, el tauler era un sofisticat contenidor. A dins hi tenia diversos dipòsits diferenciats que, segons les ordres dels sensors, trametien les diverses substàncies a la interconnexió tub-cordó umbilical o bé a la del tub-medi uterí. Un d'aquests dipòsits, a més, recollia els productes de rebuig (urea, diòxid de carboni...), resultants del metabolisme fetal. Com també passaria en un embaràs corrent, aquests productes s'evacuaven pel cordó umbilical. Seguidament eren succionats pel tub que hi estava enllaçat, el disseny del qual responia a la fisiologia pròpia del cordó: dues artèries i una vena equivalien a tres conductes dins del tub. Bona part de les substàncies que s'inoculaven a través dels conductes arterials d'aquest tub eren el que jo havia estat analitzant durant els primers mesos de feina. Ho continuaria fent, però des de dins mateix del búnquer.

Els receptacles agombolaven els embrions en un entorn aïllat de la llum i el so exteriors. Es veu que el doctor Braddock havia suggerit instal·lar un fil musical amb música de relaxació. Segurament avesats a les seves pensades singulars, la proposta va ser rebuda amb indiferència per la resta d'investigadors: ni van secundar-la ni van oposar-s'hi. Però l'equip d'àudio no havia arribat a temps de ser instal·lat i el mateix doctor se n'havia acabat oblidant.

14. Solucions tamponadores: ajuden a mantenir el pH dins dels límits desitjats.

El búnquer era un indret de silencioses remors mecàniques i electròniques generades pels receptacles, el tauler de control i els ordinadors.

De manera que l'invent permetia, en primer lloc, la gestació d'un ésser sense la necessitat de cap dona. Però, com havia dit la Parvati, això no era tot.

Perquè els UDH facilitaven, també, una acceleració del procés de gestació (transcendint així la imposició natural dels nou mesos) en virtut del control total que es podia exercir sobre l'administració dels nutrients, les hormones, etc., i també en virtut d'altres factors que aleshores encara no sabia però que acabaria per intuir. Com a colofó final, els receptacles encara tenien un darrer atribut, inspirat potser en els grans marsupials d'Austràlia que en Murray devia conèixer tan bé. Com si es tractés de bosses de cangur hermètiques, els UDH possibilitaven el desenvolupament del cos un cop finia el procés de gestació, de manera que les criatures dels receptacles podien seguir creixent dins d'aquell medi fins a atènyer l'edat que els investigadors consideressin oportuna.

XIX

Vaig començar a treballar al torn del doctor Madou. Ja fos per l'horari nocturn o per un indefinible estat d'excitament i consternació que m'envaïa sovint, les primeres setmanes van resultar-me esgotadores. Malgrat que em passava bona part de la jornada laboral assegut, les cames em flaquejaven tothora, i no hi havia nit que no em notés el cap espès i lent de reflexos. Tot i així, vaig voler aplicar-me al màxim a les meves obligacions, i en poc temps ja vaig dominar el sofisticat i feixuc funcionament del sistema de control i regulació dels receptacles. Això em permeté rendir a un nivell (des d'un punt de vista de competència però també d'implicació personal) molt similar al dels altres investigadors. Aquesta sensació no l'havia tinguda en cap moment de l'etapa anterior al búnquer.

La primera o la segona nit de treballar junts vam rebre

la visita del doctor Braddock. Com d'habitud, pronuncià el meu cognom de manera errònia quan se'm dirigí:

–Així doncs, què en pensa de tot això, senyor Soler?

–La veritat és que supera les meves expectatives. És sorprenent...

–Sorprenent? Trobo que és una manera una mica ingènua de definir-ho.

–Bé, jo...

–No s'hi amoïni, home, no cregui que no l'entenc. Però si ho pensa amb deteniment veurà que tot el que estem fent s'explica segons les lleis naturals: fecundació, gestació, desenvolupament... Cap d'aquestes coses no l'hem inventada nosaltres.

Mai no vaig parlar gaire amb el doctor. Fins a les darreres setmanes de la meva estada no en vaig tenir gaires ocasions. Al laboratori, només el veia quan passava anant cap al seu departament, on treballava amb la Parvati. Quan no era allà tan sols se'l podia trobar en dos llocs més: al seu despatx de l'edifici principal (la finestra del qual es veia des del meu bungalou) o a la piscina. Al despatx s'hi tancava fins a altes hores de la nit per redactar informes, i a l'aigua s'hi tirava per trencar la inèrcia de la seva dedicació extrema envers la ciència, encadenant llargs i més llargs fins a quedar mentalment relaxat i físicament exhaust. En una ocasió, poques setmanes després d'arribar al centre, em convidà a unir-m'hi, i encara que no en tenia ganes, vaig acceptar. Vaig deixar-ho estar quan portava seixanta piscines, el meu rècord personal. Vaig sortir de l'aigua i durant una bona estona vaig esperar que aixequés el cap per comunicar-li el meu abandó. El doctor Braddock, però, era un nedador tan excel·lent com compulsiu, de manera que, al final, cansat d'estar-me dret com un estaquirot, vaig acabar marxant sense haver-me'n pogut acomiadar.

–Els religiosos s'oposen a totes aquestes manipulacions, això és ben conegut –continuà el doctor Braddock–. Començant per l'avortament i continuant per la fecundació in vitro, un llarg etcètera de tècniques i sistemes els provoquen repulsió. Creu que s'equivoquen?

Podia notar com el doctor Mamadou ens observava en silenci, amb aquella mirada impenetrable que el feia semblar tan distant.

–És una qüestió complexa...

–Per a molta gent, ciència i fe són incompatibles. No pas per a mi. Jo crec en una divinitat totipotent, en un Absolut a partir del qual és possible derivar tots els aspectes de l'univers. A mesura que són emanats de la divinitat, aquests aspectes van perdent facultats en benefici d'una especialització més gran. Ja no poden diferenciar-se cap a qualsevol cosa; han esdevingut pluripotents. Aquesta cadena ens porta llavors a especialitzacions cada cop més sofisticades i, en conseqüència, més limitades. Però la divinitat sempre hi és present, perquè sense l'origen no hi pot haver el final. I encara que nosaltres, éssers resultants d'ultraespecialitzacions en diversos camps –biològic, físic, cultural...–, siguem tan sols tristos i parcials reflexos d'aquest Absolut llunyà, podem transcendir les limitacions implícites en la nostra naturalesa a través d'un acte de devoció. Sap de quin acte parlo?

–Doncs...

–De l'acte de crear, senyor Soler. Això és el que ens pot vincular a Déu. En les criatures que aquí desenvoluparem, la sang de tots nosaltres transcendirà les limitacions implícites de la seva especialització per retornar a l'estat de Totipotència original. I això possibilitarà més creació.

El doctor callà i se'm mirà, esperant la meva opinió. Jo no em veia capacitat per respondre-li. La referència a la nostra sang m'havia deixat descol·locat. Acabava d'adonar-me que aquelles analítiques que tots els membres de l'equip ens havíem fet per indicació del doctor tenien un objectiu més precís que «guardar-la per als nostres estudis». Acabava d'adonar-me que de la sang de tots nosaltres n'havia de sortir allò que els faltava als òvuls de rata.

En veure que no responia, el doctor em posà una mà a l'espatlla:

–Li ho faré arribar per escrit. Perquè hi pensi.

–... Gràcies –vaig balbucejar.

El doctor somrigué:

–Vostè és benvingut. Per cert, la Kavita m'ha comentat que ha arribat un correu per a vostè. És tan tafanera, aquesta noia! Diu que no l'ha pogut entendre, que no està en anglès. Li prego que li passi per alt la indiscreció: no ho fa de mala fe.

–Oh, no... no passa res.

–Molt bé. Doncs si em disculpen, ara els he de deixar.

Vam quedar-nos sols de nou i el doctor Mamadou seguí treballant com si res. A mi, però, em costà de concentrar-me en les comprovacions que tenia a càrrec, i quan ja feia una estona que els meus dits reposaven damunt del teclat i els ulls se'm passejaven a la deriva per la pantalla de l'ordinador, el doctor em preguntà:

–Passa res, Marc? Sembles una mica absent.

–Ho sento, doctor. Tinc el cap en una altra banda.

El doctor Mamadou em somrigué. No era un gran somriure, però almenys donava una expressió menys severa al seu rostre impertorbable.

–No et deixis impressionar per les paraules del doctor Braddock, Marc –digué–. És un gran científic, però la seva forma d'exposar les coses a vegades és desconcertant... Com aquest projecte, oi?

–Vostè no el troba desconcertant, el projecte?

–Personalment, crec que la clonació reproductiva no té cap sentit ni cap futur en si mateixa. A mi m'interessa molt més el funcionament dels UDH i tot allò relacionat amb la reproducció assistida. No et descobriré res de nou si et dic que el sistema reproductiu de la societat occidental està en crisi, no? Els problemes d'esterilitat al Primer Món afecten homes i dones de la mateixa manera en un nombre cada vegada més creixent... I el planeta no pot sostenir-se només amb les poblacions dels països subdesenvolupats: el creixement d'aquestes només significa més fam. Si volem que Occident continuï sent la referència per al progrés, hem d'estudiar formes de garantir-ne la supervivència. Tot el que sigui facilitar el procés reproductiu hi té moltíssim a veure. I ja deus entendre que, per imperatius legals i tècnics, ara com ara és impossible calibrar les potencialitats dels UDH de cap altra forma que no sigui a través dels experiments del doctor Braddock. Per això sóc aquí, jo. Perquè no hi ha cap altre lloc on pugui buscar solucions apropiades als problemes que em preocupen.

–Però tot aquest material genètic de les analítiques...

El doctor negà amb una mà:

–Deixa't estar. Has d'aprendre a mirar-te les coses des d'una perspectiva més àmplia: allò que és primordial ara mateix és disposar d'entorns on el desenvolupament científic no trobi les traves de certs condicionaments socials, polítics, econòmics... Coneixes el principi del lliure mercat, Marc? És un dels pilars fonamentals de la civilització occidental; la civilització que ha assolit les cotes de progrés i benestar més altes de tot el món. Segons aquest principi, el funcionament ideal del mercat es dóna quan la intervenció externa és mínima. El mercat s'autoregula segons la seva pròpia eficàcia. Els països que han aplicat aquest principi d'una forma més deliberada són els que han obtingut un progrés més gran: l'exemple dels EUA és revelador. Doncs bé, amb la ciència passa el mateix. Em segueixes?

–Crec que sí...

–El coneixement científic també s'autoregula en funció de la seva eficàcia. La Marshall Foundation ho sap i per això destina una part tan important del seu capital a investigacions científiques de perfil innovador. Gràcies a la fundació, el doctor Braddock pot explorar els límits de la genètica, jo puc indagar nous camins de reproducció assistida, en Murray descobreix noves possibilitats de l'enginyeria... La qüestió, doncs, no és tant si tal o tal altre projecte és més o menys desconcertant. La qüestió és saber si el projecte és o no és eficaç. I només hi ha una manera d'esbrinar-ho, no trobes?

XX

«Hola, Marc,

He llegit el teu correu i m'alegro que per fi et sembli més interessant la feina que fas, i que pensis que tot serà millor a partir d'ara. També m'alegro que per fi hagis aconseguit sentir-te part d'alguna cosa... Suposo que això vol dir que ja saps de què va aquest misteriós projecte.

Realment, el que em comentes del protocol és ben estrany, però la veritat és que jo també prefereixo que no ens escriguem més. Els últims correus que ens hem enviat m'han semblat molt superficials i m'han acabat de fer l'efecte que hi ha coses que no poden funcionar entre tu i jo.

A vegades passo l'estona intentant-me convèncer que no entenc quins motius et van portar fins aquí, però només ho faig per mortificar-me: en realitat sé perfectament per què vas marxar. Volies allunyar-te de mi, separar-te, desaparèixer, formar part de no sé què... El cas és que mai no has estat disposat a confiar en mi, a explicar-me els teus neguits més íntims, a obrir-me ni que fos una mica aquest cor tan esquiu que tens. Molt bé, doncs. Vas fer la teva elecció. De totes maneres, Marc, no em puc estar de dir-te que potser el que busques tampoc no hi serà, aquí.

Ara miro de centrar-me del tot en les *opos*. Estudio fins a l'extenuació i això m'ajuda a no pensar en res més. Crec que, com més temps i energia hi dediqui, més convençuda estaré de tirar endavant. Potser fins i tot és una sort, no? La Sílvia, per exemple, que està tan feliç amb el seu xicot, ha deixat d'estudiar perquè deia que no se'n veia capaç, que era impossible que aprovés i que no es volia amargar durant més mesos. Preferia sortir i passar-s'ho bé... No et pensis, jo també he estat a punt de rendir-me en més d'una ocasió. Encara que ho vulgui fer veure, no sóc de pedra. Però en Pere m'està molt a sobre, i m'esperona sempre que em veu flaquejar. Diu que això de preparar-se les *opos* és tan avorrit que li semblaria del tot utòpic fer-ho sol.

En fi, espero que ho puguis aprofitar de veritat, i que tot plegat ens serveixi d'alguna cosa, a tu i a mi.

Ah! I gràcies pels ànims. De segur que els necessitaré.

Cuida't molt. Una abraçada,

Marta»

XXI

Tots dúiem guants de vinil i màscares quirúrgiques. Ningú no deia res, ni tan sols en Katsumi. Conteníem intensament la respiració, a l'expectativa. El panteix arítmic d'en Murray i la fressa somorta de receptacles i ordinadors contrastaven amb el silenci imperant. Dempeus hi estàvem el doctor Braddock, el doctor Mamadou, la Parvati, la Kavita i jo. En Katsumi i en Murray seien a la taula de control. El doctor Braddock, immòbil com una estàtua, elevava l'índex i el mentó cap al sostre, al mateix temps que mirava de gairell el tercer tanc de la primera fila de bancs. La Parvati també fixava la vista en aquell tanc. Els seus ulls, verds i brillants, semblaven engolir la pàl·lida llum dels fluorescents. L'únic que no semblava excitat era el doctor Mamadou. Malgrat això, els seus ulls estaven menys impertèrrits que d'habitud. Es trobava al costat del doctor Braddock, però una mica més avançat, amb les mans encerclant imaginàriament aquell tanc que concentrava la nostra atenció. La Kavita, amb qui se'm feia estrany compartir aquell espai perquè mai fins aleshores no l'havia vista fora de l'edifici principal, tenia serioses dificultats per contenir-se: s'espremia les mans amb compulsió i encreuava tremolosament les cames, com si s'estigués aguantant les ganes de pixar. Mentre alternava mirades entre el tanc i el doctor Braddock, unes grosses gotes de suor li regalimaven front avall.

El tanc deixà anar un senyal acústic. El doctor Braddock abaixà el dit assenyalant en Murray. L'australià assentí, es girà cap a l'ordinador i teclejà breument. En acabar, deixà anar un petit sospir. S'aixecà i ens dirigí una mirada penetrant, al mateix temps que deia:

–Ara.

A poc a poc, la tapa del tanc s'obrí. El contacte de les dues atmosferes (la del tanc i la del búnquer), semblà produir una fumarola diluïda i subtil. La Kavita començà a sanglotar, però el doctor Braddock la féu callar amb una onomatopeia abrupta i fulminant. En Katsumi s'aixecà i avançà unes passes. Com tots, s'abalançava imperceptiblement cap al tanc. Això me'n dificultava la visió. Vaig estirar el coll i vaig posar-me de puntetes: estava darrere de tot. Vaig veure que la tapa ja era oberta. El doctor Mamadou, d'esquena a nosaltres, introduí els braços al receptacle, els enfonsà fins als colzes i els tragué tot seguit, amb molta cura. Es girà i ens mostrà el que havia agafat. Era una dona.

Una dona nua, petita –poc menys d'un pam d'alçada–, amb la cara arrugada i contreta per la humitat; inequívocament índia, amb uns trets facials i corporals propis d'una persona d'uns quaranta anys –però en miniatura. Era horrible.

El doctor Mamadou elevà un poc el nounat, que decantà el cap sense força. Li'n tallà un esllanguit cordó umbilical que li penjava entre les cames (i que tot seguit se submergí a poc a poc dins el tanc, talment com una serp inerta) i li donà uns quants copets al cul. La criatura esclatà a plorar. La Kavita s'hi abraonà i la prengué de les mans del senegalès. Era una rèplica d'ella:

–Petita, petita...

El doctor Braddock clogué els punys en senyal de triomf:

–Sí!

La Kavita bressolava la nounada amb tendresa i devoció. La criatura continuava plorant, però parava de tant en tant, i aleshores buscava amb la boca el pit de la Kavita, xarrupant-li la butxaca de la bata.

–Oh, dolça... –sospirava ella.

El doctor Mamadou anuncià que se l'havien d'endur a una incubadora. La Kavita mirà de resistir-s'hi, però la Parvati l'encerclà atentament i li xiuxiuejà alguna cosa a l'orella. En Murray perdé l'interès en l'escena, es tragué els guants i es bolcà de nou cap a l'ordinador. En Katsumi, en canvi, s'ho mirava tot atentament. Aquell somriure que li feia arrufar el nas i ensenyar una mica les dents semblava endevinar-se-li sota la mascareta. Les atencions de la Parvati amb la Kavita van impacientar el doctor Braddock, que de bursada li agafà la criatura i la donà al doctor Mamadou. La Kavita féu el gest d'iniciar una queixa, però al final no gosà i no la concretà en res. El doctor Mamadou sortí del búnquer seguit per en Braddock i la Parvati. En Katsumi imità l'exemple d'en Murray i tornà a la taula, on començà a treballar. Vaig mirar-me la Kavita. Somicava nerviosa, estrenyent-se les mans damunt el pit. En veure que la mirava, em dispensà un somriure. Vaig correspondre-la amb angúnia: el somriure li contrafeia terriblement el rostre. Una agror profunda se'm despertà a la boca de l'estómac.

XXII

La mosquitera començà a encongir-se sobre mi. Ja m'havia semblat menys espaiosa de l'habitual en acomodar-m'hi dins. Ara, però, unes hores després, en tenia la certesa absoluta. Se m'estava adherint a cames i braços, i se m'acostava implacablement cap a la cara. Vaig sacsejar-me amb violència. En comptes de desprendre-me'n, vaig quedar una mica més immobilitzat. Vaig rodolar a banda i banda. Volia fer-la cedir del sostre –d'on penjava d'un clau–, enganxant-la dessota el cos i tibant-la amb força. Mentre voltava, el cap em quedà sobtadament embolicat. Amb l'ensurt vaig deixar anar un crit que no arribà a sentir-se: una part de la mosquitera se m'havia entaforat a la boca, serpentejant gairebé fins a la gola. Això em provocà una arcada que em féu aclucar els ulls. En obrir-los, només veia blanc. El blanc de la reixeta de la mosquitera, imprecisa de tan a la vora que la tenia. Estava a punt d'ofegar-me.

Vaig girar-me una vegada més. Vaig agafar una petita part de mosquitera, la que vaig poder, i vaig estrebar-la cap a mi amb tanta força com vaig ser capaç. Notava perfectament com la reixeta s'expandia elàsticament des del sostre fins on jo era. Vaig forcejar amb insistència. Els forats de la reixeta s'anaven fent més grans. Vaig aconseguir regurgitar el tros que m'obstruïa la boca. Una brutal inhalació d'aire emergí dels meus pulmons. Al mateix temps vaig estirar la tela girant-me del tot. El clau i la tela van cedir alhora: vaig sortir disparat i vaig caure del llit, rodolant per terra seguidament.

Vaig reincorporar-me batent els braços amb furor. La mosquitera, però, havia perdut la vigoria anterior i dansava flàccida al compàs dels meus moviments espasmòdics. En adonar-me'n, vaig deixar d'agitar-me, i amb algunes dificultats, vaig aconseguir desfer-me de l'aparatós embolic en què m'havia ficat.

Vaig aixecar-me i em vaig portar les mans al clatell, esbufegant. La suor m'amarava. Era negra nit. La mosquitera estava tirada a un racó. Mirar-la m'esfereí momentàniament: s'havia arrugat de tal manera que semblava contenir una de les criatures d'en Braddock al seu interior. Un mosquit em picà entre els dits. Mentre deixava anar un renec, van trucar a la porta:

–Marc, sóc la Parvati. Estàs bé?

–Sí. Per què?

–He sentit tot de cops. Que et passa res?

–No, no... Estic bé.

–Segur?

–Sí, sí. Només he caigut del llit.

–T'has fet mal? Et cal res?

–No, gràcies. Estic bé. Ara me'n vaig a dormir.

–Escolta, de veritat, si vols que vagi a la infermeria i et porti alguna cosa...

–Moltes gràcies, Parvati. No caldrà. Me'n vaig a dormir.

–D'acord, tu mateix. Bona nit, doncs.

–Bona nit.

Vaig continuar dret una bona estona, immòbil, mirantme de reüll l'inquietant farcell que semblava contenir la mosquitera. Sentia un parell de mosquits que voleiaven prop de les orelles. Vaig afinar encara més l'oïda, fins al punt que em semblà identificar, molt llunyana, la respiració de la Parvati, dormint. De sobte em vaig abraonar sobre la mosquitera, i vaig desplegar-la fins a deixar-la ben estesa. Era buida, és clar. En constatar-ho, vaig esbufegar de nou.

Mentre mirava de recuperar la calma, sobtadament se'm va ocórrer que hi havia algú que també em podia donar respostes, o si més no, opinions. És clar que això significaria esquivar el protocol, amb la qual cosa podia posar en perill la meva posició. Vaig rumiar una estona mentre els mosquits volaven al meu voltant. Finalment, vaig obrir l'armari amb molta cura, vaig agafar el frontal i vaig asseure'm a la tauleta, on tenia paper i bolígraf. Em disposava a escriure una carta, i no era per a la Marta.

XXIII

Durant els dies següents es van produir la resta de naixences. Les noves criatures passaven un període de 48 hores a la incubadora i després eren lliurades al corresponent individu font[15] (aquest era el terme amb què el doctor Braddock designava el donant d'ADN), perquè se'n fes càrrec: la Kavita i els sis membres de l'equip vam esdevenir «pares» amb una setmana i escaig de diferència. Des de primers de setembre, que jo havia entrat al búnquer, s'havia consumat un mes més d'una ectogènesi que havia començat tot just iniciar-se el juliol.

En Murray fou qui es mostrà més contrariat amb la nova situació. D'entrada, digué que no tenia cap intenció de seguir les instruccions del doctor Braddock, que ell no havia de fer de cangur de ningú i encara menys d'un pocapena de vint centímetres d'alçada. Però el doctor es mostrà

15. Individu font: traducció del terme anglès *source individual*.

inflexible: afirmà que era responsabilitat de cadascú procurar pel benestar del seu relatiu genètic, de la mateixa manera que havia de procurar pel benestar propi. Que allò era una llei tan universal com indefugible.

–Així doncs, en pro del seu benestar, li hauré de donar cervesa! –exclamà en Murray agrament.

–Doncs potser sí, senyor Murray, potser sí! –li replicà el doctor.

El meu equivalent, parent o el que fos nasqué l'últim. La sorpresa i l'excitació inicial pels parts havien minvat notablement, i tret del doctor Braddock, la Parvati i jo mateix, ningú no n'hi féu gaire cas.

Entre la Parvati i la Kavita es van ocupar de vestir-los. Com que ja ho tenien previst, temps enrere havien encarregat a l'Abbas que comprés dotze nines. Les nines van anar a parar a la incineradora i elles se'n van quedar els vestits, a raó de dues mudes per cap. Juntament amb les mudes ens van donar un cistellet per transportar-los. Alguns van desdenyar-lo, com en Murray i en Katsumi, però jo me'l vaig quedar. Em semblà que seria més còmode, no només per a ell, sinó també per a mi. Havia resolt portar aquella carta de la nit de la mosquitera sempre a sobre, perquè no sabia quan i com la podria enviar. És per això que una de les butxaques de la bata la tenia sempre ocupada, sense lloc per a res més.

La Parvati va proposar de posar-los nom. Així seria més fàcil identificar-los en les descripcions i els estudis que n'anéssim fent. Li semblava que el més lògic era que el nom tingués alguna relació amb l'individu font, per ajudar a contextualitzar-ne les característiques individuals o les possibles patologies. Considerava que l'evolució de les unes o les altres tindria probablement relació amb les predisposicions genètiques de cadascú, predisposicions que, no cal dir-ho, ens eren desconegudes. Com que ningú no sabé fer-li cap objecció consistent, la proposta tirà endavant i cada criatura rebé el seu nom, inspirat directament en el del seu individu font: Braddie, Parvie, Kavie, Katsie, Murrie, Mamie i Markie.

En Markie em feia angúnia. Aparentava ben bé la meva edat. Era clavat a mi, però en petit. Tot i això, era el més gran d'aquella fornada (també jo era el més alt): mesurava vint-i-nou centímetres. Veure'l em feia sentir com si fos jo mateix el qui m'hagués encongit i em trobés en un món de cadires i taules massa altes, d'arbres i cases gegants i d'animals domèstics esfereïdors. Però jo no m'havia encongit, sinó que seguia gran com sempre. Un nou company, això sí, em feia de mirall, o més ben dit, de mirallet.

La primera estona que vam passar sols va ser desagradable. Com els altres, en Markie havia assolit l'autonomia de moviments en un temps rècord. Sortien de la incubadora grapejant, i unes dotze hores després, ja eren capaços de caminar a peu dret –fent tentines, això sí–. Era aleshores quan se'ls lliurava a l'individu font. El seu ritme d'aprenentatge era tan espectacular com desconcertant. Però per molt ràpid que aprenguessin, tot els venia de nou, i això es notava.

Quan vam entrar al bungalou, vaig deixar en Markie a terra i em vaig quedar al llindar de la porta, observant-lo. Immòbil, vacil·là una estona, examinant aquell espai desconegut amb atenció. Començà a caminar, balandrejant-se un xic a banda i banda. A mesura que s'allunyava de mi, m'envaí la sensació de veure'm caminar en un temple pagà del qual no coneixia els déus. En Markie, però, continuava la seva inspecció sense tants escarafalls. De la mateixa manera que fan els gats, de tant en tant es despistava: el vol d'una arna o el rodolar d'un floc de pols atreien la seva atenció momentàniament, i tot seguit recuperava el fil allà on l'havia deixat. En arribar a la paret del fons, féu un bot enrere i esclatà a plorar. Vaig córrer cap a ell. Com que estava sota la taula, vaig haver-me d'ajupir per esbrinar què passava. Mirant-se'l des del sòcol, un dragó li treia amenaçadorament la llengua, mentre en Markie, prou espantat per no poder fugir, somicava desconsolat.

En agafar-lo per treure'l d'allà, s'aferrà com un mico al meu canell. Aquella inesperada reacció prènsil em sobresaltà: fins llavors l'havia portat sempre dins el cistellet. Instintivament, vaig sacsejar el braç per desprendre-me'n. En Markie sortí propulsat pels aires i s'estampà contra una paret, des d'on caigué sobre el llit. Es mig reincorporà entre el matalàs i el coixí i em mirà aterrit per un instant. Just després es posà a sanglotar de forma apassionada: les llàgrimes li saltaven dels ulls dibuixant magnífiques paràboles que esquitxaven el llençol. En poc temps el deixà tot humitejat. Vaig llançar-me sobre ell i el vaig agombolar amb les mans:

–Em sap molt greu, de veritat! Em sap greu!

Però no hi havia manera de consolar-lo. Al contrari: com més estona passava, més exagerats eren els seus xiscles i els seus plors. Van trucar a la porta:

–Es pot saber què passa, aquí? Obri, senyor Soler!

–Marc, obre!

Eren el doctor Braddock i la Parvati, que venien atrets per l'escàndol. Vaig obrir-los la porta. Si no m'hagués atribolat tant la situació, potser hauria esclatat a riure: costat per costat, cadascun sostenia el seu cistellet amb aquelles joguines de carn a dins, com si fossin dos venedors a domicili que em volguessin encolomar una extravagant promoció comercial. En un cas així els hauria pogut aviar sense més contratemps, però aleshores, la mirada severa del doctor i l'inquisidor esguard de la Parvati em van fer balbucejar:

–Jo... no sé com ha estat... Ha caigut a terra i...

El doctor m'apartà per obrir-se pas. Deixà el cistellet amb en Braddie a un extrem del llit i prengué en Markie entre les mans. La Parvati el seguí, prescindint de mi. El doctor estirà en Markie –que continuava plorant– al llit, li aixecà la camisa i li inspeccionà el tors:

–Té dos hematomes força grans.

La Parvati s'assegué al llit deixant el cistellet amb la Parvie al costat d'en Braddie, i es disposà a contrastar l'examen del doctor. Mentrestant, aquest se m'adreçava amb posat greu:

–Espero que hagi estat un accident involuntari, senyor Soler...

–Oh, per descomptat... Mai no he pretès fer-li mal...

Això és el que m'agradaria pensar.

–Ha estat sense voler, de veritat...

En Markie ploriquejava a espasmes quan la Parvati s'aixecà del llit per intervenir:

–Per sort, no sembla que s'hagi trencat res.

–Sí, però això em fa pensar que hauríem de prendre alguna mesura per poder-ne assegurar la integritat.

–Quina mena de mesura?

–Redactaré un ban on especificaré penes per a tothom qui atempti contra ells.

–Una idea fantàstica!

–De tota manera, podríem aprofitar l'avinentesa per posar en Markie en observació. Així veuríem com els evoluciona l'anatomia en circumstàncies traumàtiques.

–Seria molt interessant...

–Hauríem d'habilitar un espai al laboratori. Potser les incubadores podrien servir de moment, però només serien una solució temporal...

Vaig interrompre'l sense adonar-me'n:

–Doctor Braddock, ...deixi que es quedi amb mi!

Tant ell com la Parvati em miraren sorpresos:

–Aquesta decisió no el concerneix, senyor Soler. Li recordo que l'hem acceptat entre nosaltres, però encara no té el rang d'investigador. I això no significa només no tenir el implantat el xip per entrar al búnquer!

–Però és que jo...

–Vostè què?

–Deixi'l continuar, doctor –féu la Parvati per amansir-lo–. Potser així s'animarà a opinar més sovint...

El doctor somrigué:

–És veritat. D'acord, parli, senyor Soler.

Vaig sospirar. El bungalou havia quedat en silenci.

–Em sento culpable del que ha passat, i m'agradaria recuperar la confiança d'en Markie.

–Em sembla molt bé, però del que es tractaria, més aviat, és de recuperar la meva, de confiança.

No estava avesat que em parlés d'aquesta manera. Tot i això, vaig respondre-li:

–Bé, doncs, ara li demano l'oportunitat per fer-ho.

Mentre el doctor s'ho pensava, la Parvati intervingué:

–Fet i fet, en Markie no deu estar pas tan malament. Jo diria que fins i tot està en vies de recuperar-se del tot.

Tots tres vam mirar devers el llit. En Braddie s'havia endormiscat dins del cistell, però la Parvie havia sortit del seu i acaronava en Markie, que es deixava fer mig transportat. Lentament es va anar animant i tots dos van començar a empaitar-se per entre els llençols, maldestres com dos cadells.

–D'acord –digué–. Confiaré en vostè. Però vull que m'informi puntualment de l'evolució d'aquests blaus –i afegí, dirigint-se a tots dos:– i igualment prepararé el ban. Vull deixar les coses ben clares a tothom.

El doctor Braddock s'atansà al llit, agafà en Braddie i digué:

–I ara me'n vaig a treballar. M'acompanya, senyoreta Parvati?

–Ara l'atraparé, doctor. Vagi tirant, que vull deixar jugar una mica la Parvie...

Vam observar la marxa del doctor des de la porta. Després, vam girar-nos cap al llit on jugaven els nostres relatius i els vam contemplar durant una bona estona, en silenci. Tot d'una, la Parvati em preguntà:

–Què et sembla, Marc? Creus que n'aprendran sols, de fer-se petons?

XXIV

Durant les setmanes següents, la vida al centre entrà en una espècie d'estat de suspensió. El doctor Braddock exigí que només estiguéssim per les criatures. Fins que no en coneguéssim l'evolució, explicà, no tenia sentit crearne més. Ens encomanà, això sí, de fer-ne un seguiment exhaustiu. Havíem de pesar-los i mesurar-los cada dia, ferne una anàlisi de sang per setmana i fer-ne exàmens oculars complets tan sovint com poguéssim. A més a més, també havíem de registrar tots els avenços psicomotrius que identifiquéssim, encara que fossin nimis. Teníem unes fitxes on cadascú s'havia d'encarregar d'enregistrar les dades del seu relatiu corresponent. Aquestes dades me les lliuraven després a mi i jo les havia d'introduir a l'ordinador. En Murray era qui feia un seguiment menys constant. Fins i tot diria que a vegades omplia dades a la babalà, només per no lliurar les fitxes en blanc. Això m'incomodava força, perquè no sabia com comentar-ho al doctor Braddock.

A banda d'això, però, ens vam trobar sense gran cosa més a fer que passar hores i més hores al voltant de la piscina, contemplant com es desenvolupaven aquella espècie de micos personalitzats que ens feien companyia tothora. El contrapunt positiu a aquella estranya situació estacionària fou que vaig recuperar l'horari diürn, que em provava força més que el nocturn.

Pocs dies després del meu accident amb en Markie, abans que aquest nou ordre estigués plenament instaurat, el doctor s'havia presentat a la piscina amb un plec de papers. En repartí un per cap i se'n quedà un per a ell. Era el ban de protecció que havia promès redactar. Deixà el cistellet amb el seu Braddie en una taula i procedí a llegir el document, adoptant un aire de gravetat.

Vaig adonar-me que en Katsumi i en Murray estripaven dissimuladament el paper poc abans que el doctor acabés de llegir. Jo vaig conservar la meva còpia.

La traducció és tal com segueix:

«És competència i responsabilitat de cada individu font procurar pel benestar i la integritat física del seu relatiu. Això implica cobrir-li les necessitats materials (aliment, roba i atencions mèdiques) i emocionals (afecte, cura i mestratge) que de la seva sola existència puguin derivar-se.

En cap cas no se li donarà un tracte degradant o vexatori. La responsabilitat sobre aquest punt serà tant de l'individu font més proper com de la resta del col·lectiu. Qualsevol indici de comportament incorrecte per part d'individus font devers el seu relatiu o bé devers els dels altres haurà de ser denunciat públicament i sense demora.

La no-observança d'aquestes disposicions implicarà la suspensió de sou a perpetuïtat, la immediata i irrecuperable pèrdua de prestigi dins la comunitat d'aquest centre de recerca i, en última instància, l'expulsió per a tota la vida de l'equip internacional d'investigadors de la Marshall Foundation.

Doctor Roy Braddock, cap del Jungle Research Centre de Kumily. Marshall Foundation.»

En acabat, el doctor inquirí:

–Alguna pregunta?

Tots vam restar en silenci.

–Fantàstic, doncs. Això significa que ha quedat tot prou clar i que problemes d'aquesta índole no tenen cabuda al nostre centre. Senyors, és un plaer treballar amb vostès.

Dit això, es tragué la bata i els pantalons. Portava el banyador posat. Es dutxà cantussejant, com si fos l'home més feliç del món. Agafà en Braddie del cistellet, entrà amb cura a la piscina i es posà a fer el mort, amb el respectiu assegut sobre el pit. La criatura es mirava l'aigua amb els ulls esbatanats i els llavis tremolosos.

–I doncs? –digué el doctor afablement–. Cap de vostès s'anima? L'aigua està boníssima!

La Parvati em preguntà:

–Em vigiles la Parvie? Vaig a buscar el banyador.

Vaig assentir i em vaig endur en Markie i la Parvie al costat d'una palmera, força a prop de la taula on en Murray prenia una cervesa i en Katsumi picava de peus a terra. Vaig asseure'm recolzant l'esquena a l'arbre i els vaig treure dels seus cistellets.

A la piscina, el doctor Braddock es propulsava d'esquena amb braçades suaus i espaiades, procurant surar de la forma més harmònica possible. Malgrat això, en Braddie estava cada cop més tens, i s'aferrava amb força als pèls del pit del doctor:

–Au, vinga, petitó! –deia aquest amb un bon humor exagerat–. És impossible que un Braddock tingui por de l'aigua!

El doctor Mamadou, amb el ban doblegat en una mà, s'estava assegut sota una ombra. Tenia el cistellet amb en Mamie falcat entre els genolls. En Mamie romania immòbil com d'habitud. La seva reiterada impassibilitat feia que s'assemblés més a un ninot que no pas a un ésser viu. Pel que deduiria de les dades que el doctor Mamadou m'anà lliurant (sempre fou qui les recollí de forma més rigorosa), el seu respectiu havia sortit dèbil, malaltís i vulnerable. Era com si tota aquella teoria de la decadència reproductiva d'Occident se li pogués aplicar especialment a ell.

Una mica més enllà hi havia la Kavita, estirada en una gandula. Bressolava dolçament i atenta la Kavie, però malgrat que aparentava estar assossegada, el cert és que observava les evolucions dels dos Braddocks sense perdre-se'n el més mínim detall.

En Braddie començà a somicar, de primer imperceptiblement, després a dojo. El doctor insistia a encoratjar-lo:

–Apa, apa! Si fins fa quatre dies eres un submarinista consumat!

La Kavita estirà el coll cap a la piscina. Vaig sentir en Murray que remugava:

–I demana que no els maltractem...

En Murrie li treia el cap per la butxaca de la bata. En adonar-se que jo el mirava, començà a jugar a fet i amagar: s'enfonyava a la butxaca per un instant i sortia tot seguit, amatent a la meva reacció. Vaig somriure.

–... i ell no para de torturar-lo... –continuà en Murray per a si mateix.

En Katsumi no se l'escoltava. Es divertia mirant com en Katsie, entortolligat entre els seus dits, s'entestava a arrapar-s'hi de totes passades. De tant en tant, hi clavava insistentment les dentetes, provocant el contraatac immediat del japonès, que sacsejava la mà sense pietat fins a fer-lo caure. En Katsumi parava i es descargolava de riure, però en Katsie no es deixava vèncer i tornava a començar.

En Katsumi aixecà el cap. De primer vaig pensar que m'examinava, però de seguida vaig copsar que anava errat: en aquella ocasió, el mig somriure que habitualment li feia arrufar el nas i ensenyar una mica les dents denotava massa sorpresa per anar destinat a mi. Vaig girar el cap per seguir-li la mirada. La Parvati venia cap a la piscina amb el barnús obert.

–Oh, excel·lent, la senyoreta Parvati –digué el doctor Braddock des de l'aigua mentre en Braddie continuava somicant al seu pit–. Potser ella aconseguirà calmar-te!

La Parvati deixà caure el barnús i s'atansà a la vora. Fins i tot el doctor Mamadou se la mirava. Abans de tirar-se, saludà aixecant una mà.

–Fins aviat, nois!

I es llançà de cap, desapareixent per uns moments. El doctor Mamadou fixà la vista al fons. En Katsumi es reincorporà. En Murray remugà de forma inintel·ligible. La Kavita s'aixecà de la gandula. A l'aigua, la Parvati emergí al costat del doctor Braddock. En Braddie, sorprès, deixà de sanglotar per un moment:

–I ara, petitó –féu ella acariciant-li el cap–, què tens? Que no t'agrada l'aigüeta?

En Braddie es deixà fer, desconcertat. El doctor Braddock es desplaçà com una medusa fins a arrambar-se de cap a una de les vores. La Parvati anà al seu costat. La Kavita corregué amb la Kavie als braços fins a quedar just damunt d'ells, a l'alçada d'on seia el doctor Mamadou. Li deixà la Kavie a la falda i es tirà a l'aigua amb sari[16] i tot. En Braddie s'espantà i encetà a plorar de nou.

–Però què fas, dona? –preguntà el doctor Braddock sense tractar-la de vostè.

Ella no va respondre-li. Avançà cap a ells tres i es deturà al costat del tors del doctor, de manera que aquest quedà amb una dona a banda i banda. Aleshores, com si no hi hagués la Parvati, començà a acaronar en Braddie, parlant-li en la seva llengua nadiua. La Parvati la fulminà amb la mirada.

En Murray féu un llarguíssim glop de cervesa i sacsejà el cap:

–Mare meva! Em sembla que aquesta Kavita té aspiracions familiars...

16. Sari: vestit femení típic de l'Índia, usat àmpliament en tot el país.

Només jo vaig sentir-lo. En Katsumi i el doctor Mamadou estaven massa absorts contemplant com la Parvati havia començat a nedar, piscina amunt, piscina avall. Mentrestant, en Markie i la Parvie se m'enfilaven entre els genolls, fent-me pessigolles. Era agradable mirar la Parvati al mateix temps.

Quan va veure que aquesta es disposava a sortir, en Katsumi, sense deixar en Katsie, s'aixecà prest i s'afanyà a cercar-li el barnús. L'agafà del terra i li portà tot sol·lícit, fins a deturar-se a deu centímetres d'ella.

–Moltes gràcies, maco.

–No es mereixen.

–Com és que no t'has banyat?

–Hauria fet massa escuma, princesa.

La Parvati esclafí a riure. Això cridà l'atenció de la Parvie, que en mirar-se-la des del capdamunt del meu genoll perdé l'equilibri i rodolà per terra. En Markie s'espantà en veure-ho, i deixà anar un parell de sanglots que anunciaven una marranada imminent. L'impacte, però, no afectà gens la petita, que després d'espolsar el cap a banda i banda, s'afanyà a córrer als peus de la Parvati. Mentre l'índia s'agenollava per agafar-la, en Katsumi li repassà el cul d'esquitllentes.

–Hola petita! –digué la Parvati portant-se-la a la mà.

En Katsumi li atansà la mà amb en Katsie. Ambdues mans es tocaren les puntes dels dits. La Parvie avançà unes passes cap a en Katsie. La contemplació de l'escena interrompé l'esclat de plors d'en Markie, que observava encuriosit el comportament dels seus companys d'espècie. La

Parvie procurava d'abraçar el minijaponès mentre ell botava i saltava contínuament, incapaç d'estar-se quiet:

–Hola, princeseta! –li digué en Katsumi arrufant el nas–. A tu també t'hauran de comprar un banyador per a la piscina, eh?

Aleshores una veueta repetí com un eco:

–Piscina, piscina!

Era en Katsie.

–Oh, Déu meu! –exclamà la Parvati–. Ja parla!

Sense deixar de fer unes cabrioles que les abraçades de la Parvie convertien en força aparatoses, en Katsie cridava, ben esverat:

–Piscina, piscina! Piscina, piscina!

En un instant, la Parvie va afegir-se-li:

–Piscina! Piscina!

–Oh, petita, tu també! Molt bé, molt bé! –digué la Parvati.

En Markie, que no havia perdut ni un detall, es deixà caure amb cura genoll avall i uns metres més enllà dels meus peus començà a ballar tímidament, al compàs marcat pels altres:

–Pi-si-ní! –deia ell–. Pi-si-ní!

De manera que aquesta fou la primera paraula que van aprendre a dir.

El doctor Braddock s'adonà de la saragata i sortí de l'aigua per unir-s'hi ràpidament. Portava en Braddie amb ell:

–No em pensava que n'aprenguessin tan ràpid!

–És realment fabulós... –feia la Parvati, meravellada.

Inconscientment, em vaig posar la mà a la butxaca.

Potser seria convenient d'afegir a la carta que eren capaços de parlar i que, per tant, l'obvietat que desenvolupessin una intel·ligència com la nostra esdevenia ara més que evident. La Parvati em cridà:

–Oh, Marc! Has vist el teu Markie? Diu «pi-si-ní» en comptes de piscina... És encantador!

Vaig córrer a reunir-me amb ells.

–I el meu què, nena? –preguntava en Katsumi, aprofitant el moment d'eufòria per agafar la Parvati per la cintura–. Ell ha estat el primer, eh?

El doctor Braddock havia deixat en Braddie a terra i el petit ballava ara amb els altres. Encara no articulava els sons del tot correctament, però era evident que intentava pronunciar la mateixa paraula que els seus companys: piscina.

–Hauríem de començar a fer classes de dicció ben aviat. I en poc temps els ensenyarem a llegir i a escriure! –exclamà el doctor, entusiasmat.

–Tot això hauran de saber fer? –preguntà en Katsumi, sorneguer.

–Doctor Mamadou, senyor Murray! Vinguin cap aquí. Necessito veure com reaccionen en Murrie i en Mamie! Kavita!

Els dos primers van comparèixer de seguida amb els seus relatius. En Murrie, després d'uns instants de timidesa i inhibició, s'afegí finalment a la ballaruga, que en aquells moments ja estava completament desbocada. Feia força gràcia, amb aquell pèl roig tan arrissat i la panxa proporcionalment prominent, com si també ell fos un gran bevedor de cervesa. El doctor Mamadou havia instal·lat el cistellet amb en Mamie en un extrem de la pista de ball. Un cop va estar aposentat, en Mamie observà atentament l'escena. En un moment determinat aclucà els ulls, i agafant la vora del cistell a manera de barana, començà a entonar unes curioses modulacions que podien recordar (amb un xic d'imaginació) una cançó africana. Per damunt de tots aquells caparrons, doncs, s'alçà un guirigall de cants i xiscles amb un únic mot com a protagonista, un mot que a cada minut que passava vocalitzaven amb més correcció.

Només faltaven la Kavita i la Kavie. Vaig apartar-me del tumult i les vaig veure, a l'altra banda de la piscina, fora de l'aigua. La Kavita, amb la roba tota xopa, estava estirada a terra amb el cap molt a prop de la Kavie. Ella se la mirava atabalada, enretirant-se'n a poc a poc.

–Piscina! –li deia, alhora que picava a terra amb el palmell d'una mà–. Digues «piscina» d'una vegada!

L'escena era incòmoda.

–Kavita! Kavie! –cridà el doctor Braddock sense mirarla–. Veniu cap aquí! Ràpid!

La Kavita aixecà el cap i hi insistí un parell de cops més, sense resultats. Jo no veia gaire clar com podia resoldre's aquella situació, però tampoc no vaig tenir l'ocasió d'esbrinar-ho. Perquè mentre l'administrativa s'entestava a fer avançar la Kavie a un ritme massa accelerat per a ella, i la resta d'investigadors contemplaven l'improbable festa infantil que celebrava l'adveniment de la paraula, em semblà sentir un brunzit familiar que se'ns acostava, i sobtadament vaig entendre que aquella podria ser la meva única oportunitat per mirar de contactar amb l'exterior; de manera que vaig retirar-me amb tanta discreció com vaig poder i vaig anar cap a la rotonda, on l'Abbas aparcava el seu *rickshaw*, carregat de verdures per a l'Hemalatha.

XXV

–Abbas!

Afortunadament, l'edifici principal s'interposava entre la piscina i nosaltres, per la qual cosa no se'ns podia veure des d'allà. L'indi estava descarregant unes bosses de plàstic plenes de patates i altres vegetals.

–Hola, com va? Un dia *très jolie,* eh?

Vaig mirar per damunt de l'espatlla. No venia ningú.

–Abbas, m'has de fer un favor!

–Vols fer una excursió a Madurai? Al parc nacional de Periyar?

–No, no!

L'Abbas féu balandrejar el cap.

–Oh, els d'aquest lloc mai no voleu anar d'excursió! Si hagués de viure de vosaltres, ja fa temps que seria mort!

–Escolta, saps si hi ha cap escàner, a Kumily?

–Un escàner? –S'ho rumià per uns moments i al final

digué:– Sí, sí, cap problema. Per què vols comprar un escàner?

–No, no! No vull comprar res!

En aquell moment, la gatzara de la piscina arribà a les nostres orelles. La festa continuava.

–Què és això?

–Res, res –vaig fer jo, impacient–. Una espècie de celebració, a la piscina. Escolta, necessito escanejar una carta com més aviat millor.

–Una festa a la piscina? Hi ha noies banyant-se? Com es diu aquella... Parvati! La Parvati s'hi banya?

–Què? Sí..., vull dir, no!

L'Abbas obrí uns ulls com dues taronges. Deixà les bosses de plàstic a terra, em donà l'esquena i començà a avançar, expectant, cap a la piscina.

–Abbas! Espera, és important!

Sense mirar-me, sacsejà una mà, com per fer-me callar. Continuava allunyant-se de mi.

–Abbas!

Encara el tenia prou a prop per abastar-lo abans que fos massa tard. Vaig córrer.

–Abbas, et necessito! –vaig murmurar enèrgicament, agafant-lo pel braç–. Si m'ajudes et recomanaré a la Lonely Planet!

L'Abbas es deturà. M'observà un moment, mirà en direcció a la piscina i tornà a observar-me:

–De veritat? Una bona recomanació?

–És clar.

Assentí:

–Has de fer una recomanació molt bona. Has de dir que sóc un gran guia, que conec tots els secrets de la regió, que fujo dels circuits convencionals, que em desvisc pels clients, que una excursió amb mi és una experiència autèntica...

–Sí, sí...

–Que sóc l'únic guia francòfon de la zona, que sóc simpàtic, ben plantat...

–Ho faré! –vaig interrompre'l, cridant.

–M'ho promets?

–T'ho prometo.

El cap de l'Abbas oscil·là:

–Què vols que faci?

Vaig treure'm la carta de la butxaca i la hi vaig atansar:

–Necessito que escanegis aquest document i l'enviïs a la direcció electrònica que hi ha apuntada darrere. Podràs fer-ho?

–*Bien sûr,* cap problema –digué ell, agafant-la–. Però, per què no l'envies des d'aquí?

Vaig vacil·lar. Tenia poques opcions:

–Ho tinc prohibit. No podem comunicar-nos amb ningú de l'exterior.

No sabia com reaccionaria.

–Oh, vaja! –digué, picant-se un avantbraç amb la carta–. Per què els occidentals sou tan mentiders?

–Què?

–Sempre feu el mateix! Promeses i més promeses! Però un cop heu aconseguit el que volíeu ja no us recordeu de res!

–Però...

En aquell moment vaig sentir la veu de la Parvati, cridant-me:

–Marc! Marc! On ets?

–Abbas, no t'entenc...

–Sí, sí! Per demanar sempre sou generosos, vosaltres. Però a l'hora de donar, res de res!

La Parvati començà a aparèixer per una cantonada de l'edifici principal. Encara no ens havia vist:

–Marc, on t'has amagat, ara?

L'Abbas s'explicà:

–Com vols recomanar-me a la Lonely Planet si no pots parlar amb l'exterior?

–Doncs...

–Marc, en Markie està inconsolable!

–Abbas, queda't la carta! Et prometo que escriuré una fantàstica recomanació aquesta mateixa nit. I quan tornis a venir, te la dono i l'envies tu mateix, d'acord?

–Sí, home! Es notarà massa que l'envien des de Kumily!

–Però és que jo no hi puc fer res més, des d'aquí...

–Ei, no em somiquis...

–Marc! Abbas! –cridà la Parvati, al lluny–. Què hi feu, aquí?

–Escolta Abbas: enviaràs la recomanació per correu ordinari. Escriuré que sóc un estranger que ha decidit fer un llarg sojorn a Kumily, fascinat per la bellesa de l'indret i l'hospitalitat de la seva gent. I que la clau que m'obrí aquest paradís vas ser tu, Abbas. Que els teus coneixements i el teu *savoir-faire* van fer que em decidís per aquest lloc per instal·lar-me.

–Fantàstic, sembla una història autèntica! –digué mentre es guardava la carta i em picava l'ullet–. Tracte fet, doncs.

La Parvati ens va atènyer:

–Marc, però què li expliques, a aquest?

–Parlàvem de les *masala dosai*. A ell li encanten, i jo, en canvi, no les puc sofrir.

–Hola, Parvati –féu l'Abbas dedicant-li un somriure d'orella a orella–. Has vist quin dia més *très* ....?

–*Très jolie*, sí, sí, molt bonic. Oh, Abbas –féu tota fastiguejada mentre m'agafava de bracet–, per què no aprens alguna parauleta nova d'una vegada? Aquesta la gastaràs! Vinga, Marc, marxem, que en Markie et troba a faltar. Sort en té, de la Parvie!

XXVI

«Benvolgut Ferran,

Sóc en Marc Solà. T'escric des del Jungle Research Centre, a l'Índia. Sé que el més correcte hauria estat escriure't abans per comentar-te com anava l'experiència. Reconec que no ho he fet i espero que em disculpis.

Ara, si pogués, et trucaria per parlar-te'n. Malauradament és impossible: el protocol de comunicació amb l'exterior implícit en el contracte m'ho impedeix. El cas, però, és que m'agradaria saber l'opinió d'algú més competent i amb més criteri que no pas jo. Aquí, al centre, acabem d'ultimar amb èxit una estranya iniciativa de clonació, realitzada per transferència nuclear somàtica[17] a partir d'una seqüència d'ADN humà modificada i un oòcit enucleat[18] de rata. El resultat és una criatura idèntica

17. Transferència nuclear somàtica: tècnica de clonació que consisteix a implantar el nucli d'una cèl·lula no germinal –somàtica– a un oòcit enucleat.
18. Oòcit enucleat: òvul del qual s'ha extret el nucli.

al seu donant –una dona–, però molt més petita, d'uns vint centímetres d'alçada. És una miniaturització del tot proporcional: si no tinguéssim referències, podríem pensar que aquest ésser és un humà normal i corrent.

Però aquesta no és la seva única singularitat. Perquè resulta que ha nascut amb la mateixa edat física que la donant (uns quaranta anys), tot i que de moment es comporta com un nounat. Al meu entendre, l'edat ha de ser deguda a una manipulació de DNA prèvia a la implantació del nucli genètic a l'òvul, encara que el procés de gestació embrionària i «postnatal» potser també hi té a veure.

Aquest procés és factible gràcies als Receptacles de Desenvolupament Uterí (UDH), una maquinària desenvolupada i patentada per la Marshall Foundation que fa les funcions d'úter matern i fins i tot les ultrapassa, perquè permet reduir el temps de gestació a unes quantes setmanes.

És imminent una tanda de rèpliques de tots els investigadors del centre, incloent-m'hi jo mateix. D'aquí a uns dies, el Jungle Research Centre s'haurà convertit en una espècie de jardí d'infància; si és que a aquests éssers els podem considerar infants. Suposo que no és així, i que, de fet, la jugada del doctor Braddock va per aquí: com que no es tracta d'éssers genèticament idèntics a l'original, la legislació internacional sobre clonació humana (a bastament prohibitiva a tot el món) no pot ser aplicada en aquest cas. Almenys, aquest és el meu raonament, perquè no entendria que una institució com la Marshall Foundation es permetés una il·legalitat tan flagrant com la replicació de persones.

Em fa una certa angúnia pensar en l'incert futur que espera a les «nostres» criatures, sobretot tenint en compte els desastrosos precedents de la Dolly[19] i els altres pobres animalons que moriren prematurament afligits per tota mena de problemes de salut. També temo que veure el meu rostre estampat en un nan d'un pam d'alçada no em produeixi cap plaer, però no puc negar que m'encurioseix veure'l. Per una banda, desitjo créixer científicament i ser tan competent com els meus companys, però per l'altra em pregunto si no hauria de reflexionar més sobre els límits de tot això. A més a més, no sé si em mou la curiositat científica o la curiositat morbosa, però sí que crec que a la universitat no em van preparar per a això. No vull que entenguis aquesta carta com un retret personal: simplement t'agrairia qualsevol orientació o opinió sobre aquest assumpte.

Si finalment la carta arriba a tu i pots llegir-la, respon-me a l'adreça electrònica kavita@jungleresearch.net (a l'encapçalament hi has de posar el meu nom. Si em respons en català, ningú no podrà entendre res: m'agradaria portar aquest tema discretament).

Salutacions cordials des de Kerala,

Marc Solà López

PD: Per cert, de platges encara no n'he vist ni una. El centre és a la muntanya!»

19. Dolly: nom de l'ovella creada per transferència nuclear de cèl·lules somàtiques a l'institut Roslin d'Escòcia, el 1996.

XXVII

Era el vespre i estàvem a la piscina. Feia molta calor. El doctor Braddock havia indicat a l'Hemalatha que servís el menjar a fora, que volia organitzar una espècie de vetllada de convivència. Suposo que ho feia per amanir una mica l'ambient: feia dos mesos que estàvem dedicats als petits, però era evident que cap de nosaltres no compartíem un mateix objectiu final, i això es notava en les nostres relacions.

Per la seva banda, l'Hemalatha ens defugia des que anàvem acompanyats per aquells nans amb cara d'adult. Era evident que l'assumpte la disgustava, perquè procurava d'entremesclar-s'hi com menys millor. Feia estona que havia desaparegut quan vam començar a arribar. Havia muntat una taula en un racó on teníem tots els plats exposats. Era qüestió que cadascú s'anés servint el menjar a voluntat.

Tot el sopar va transcórrer en silenci. Estàvem distribuïts de qualsevol manera; alguns s'asseien al costat de les taules i d'altres recolzàvem el plat als genolls. Se sentia el soroll de coberts i la remor nocturna de la veïna jungla, i de tant en tant –en realitat força sovint– els xarrups de cervesa que feia en Murray. Cadascú tenia el seu respectiu a prop.

El menjar es va anar acabant i aviat es va fer evident que la nostra convivència estava forçada per les circumstàncies. Després de les postres, va començar la contemplació de les puntes dels peus, el repic dels dits a les taules o el seguiment de les cuques i els insectes que voleiaven entorn de les llums. Fins aquell moment, els petitons havien calcat el nostre patró de comportament, menjant en silenci els bocins o les engrunes que els anàvem oferint. Quan ja no hi va haver vianda per repartir, però, molts d'ells començaren a endormiscar-se, fatigats sens dubte per les nombroses emocions que vivien durant el dia. Probablement, la vetllada s'hauria consumit sense més conseqüències si en Murray no s'hagués tret sobtadament en Murrie de la butxaca de la bata i no l'hagués elevat a la vista de tothom, pinçant-lo pel clatell:

–I bé, de què serveixen aquests antropoides?

En Murrie rigué, agitant les cames a l'aire. Se sentí com repetia:

–Antropoides! Antropoides!

El doctor Braddock intervingué.

–Em sorprèn que faci aquesta pregunta, senyor Murray. El tenia per algú més perspicaç. Sent el principal responsable d'una meravella com els UDH, no li escau gaire fer preguntes tan banals.

El doctor deixà el cistellet amb en Braddie al cul d'una cadira lliure que tenia al costat. En Murray ho aprofità per dispensar-li una ganyota, i en Murrie, assegut ara damunt la taula, l'imità. El doctor no se n'adonà.

–Crec que vostè no ha pensat mai en la Totipotència, senyor Murray –continuà mentre es girava–. Està molt bé ser inventiu i enginyós, però l'existència ha de servir per aspirar a quelcom més, sap? Per a mi, emular, en la mesura de les meves possibilitats, l'Absolut totipotent és un acte de devoció i reverència, i no m'importa si les aplicacions d'aquests éssers –i no dubti que en tenen moltes– li semblen encara difuses o poc evidents. D'entrada, considero que la seva sola existència ens resulta útil per vincular-nos amb l'Absolut, i que aquesta vinculació pot ajudar-nos molt com a persones que som, integrades dins d'un ordre còsmic que no sempre tenim present.

En Murray –i en Murrie seguidament– va esbufegar amb mesura. La Parvati entrellaçà les mans:

–És molt poètic això que ha dit, doctor!

–És molt poètic! –repetí la Parvie.

–Oh, no! –remugà en Murray–. Ara haurem d'aguantar ensabonades per partida doble!

A en Murrie tampoc semblava agradar-li, ja que sacsejà el cap a banda i banda. El doctor obvià el comentari de l'australià:

–Durant aquests darrers dies he estat ponderant la possibilitat de canviar-los el nom genèric, senyor Murray. Això de «relatius» està bé per entendre'ns, però no reflecteix gran cosa. La seva observació n'és la prova. Jo crec que, tenint en compte el que acabo d'explicar, «ajudants»[20] seria un bon nom per a ells. Què els en sembla?

–Què els en sembla? –afegí en Braddie.

–Ajudants, és perfecte! –digué la Parvati.

–A mi, aquest, més que ajudar-me, em fa treballar massa –féu en Katsumi assenyalant en Katsie–. Canviar-lo de roba, péixer-li el menjar, pesar-lo, mesurar-lo...

–Ai, Katsumi –es queixà la Parvati–, per què sempre et vols fer el graciós? No veus que ara parlem seriosament?

La Parvie la secundà:

–No veus que parlem seriosament?

Ara fou en Katsumi qui féu una ganyota, en aquest cas a la Parvie. Amb un dit va empènyer en Katsie cap a ella, just després de xiuxiuejar-li:

–Pega-li, pega-li!

Mentre en Katsie i la Parvie es posaven a jugar, el doctor es dirigí al doctor Mamadou:

–I a vostè què, doctor? Li sembla bé el nom d'ajudants?

–Molt apropiat, doctor Braddock.

–Què li passa, a en Mamie? Com és que li penja el cap?

–Ah, no és res, doctor. Només que s'ha adormit. Ja sap que no és gaire actiu, en Mamie.

En Katsumi s'acostà a l'orella de la Parvati:

–Endevina a qui s'assembla.

---

20. Ajudants: traducció del mot anglès *helpers*.

La Parvati contingué el riure.

–I vostè, senyor Soler? Té alguna opinió o s'estima més quedar-se callat?

En Markie es passejà per dins del cistellet com si estigués sol.

–Suposo que és un bon nom.

El doctor m'escrutà de fit a fit i al mateix temps es dirigí a tothom:

–Fixin-s'hi bé, senyors. En Markie fa el despistat i el senyor Soler no es compromet. No els sembla simptomàtic? Fa dies que em fixo en aquesta mena de relacions. Els ajudants aprenen a comportar-se d'acord amb les nostres inclinacions naturals. D'en Murrie, per exemple, en podríem destacar la barroeria de moviments. I tots sabem que el senyor Murray no és cap ballarina, precisament...

Excepte l'australià, tots vam riure. El doctor tragué els ulls del meu damunt i continuà:

–En Katsie és inquiet i nerviós com el senyor Katsumi. Fou el primer a aprendre a parlar gràcies a aquest neguit constant que l'envaeix i que l'impulsa a conèixer i a espavilar-se. I suposo que estaran d'acord amb mi si els dic que tots els ajudants de sexe masculí se senten atrets per la Parvie. Sabem que en l'atracció, el físic hi té un paper determinant. Poden tenir anhels físics unes criatures amb una edat equivalent –ara mateix– als nostres tres, quatre o cinc anys? Potser sí, però molt atenuats. Jo m'inclino a pensar que la petita ha après ha identificar aquells elements de la senyoreta Parvati que emanen un magnetisme no corporal. Bona part de la capacitat d'atracció, doncs, transcendeix el físic.

La Parvati inclinà el cap vers el doctor. La Parvie obria i tancava els ulls, ventant unes pestanyes llarguíssimes.

–Naturalment, tots aquests processos d'aprenentatge els porten a terme d'una forma inconscient. Nosaltres, però, podem observar-los i reconèixer-los. I aquest és un altre motiu que justifica l'adopció del nom que els proposo. Perquè en reconèixer què aprenen, avancem un pas cap al propi coneixement: els seus progressos i les seves dificultats són un reflex de les nostres capacitats i les nostres limitacions. Els ajudants, doncs, ens ajuden per partida doble: una, perquè ens acosten a la divinitat, i dues, perquè ens permeten de millorar.

En Katsumi i la Parvati somreien al doctor, afalagats per les seves paraules. La Kavita, un xic apartada de tots, només tenia ulls per a ell. Com d'habitud, bressolava la Kavie, que dormia. Aquella era l'actitud més maternal de totes les que hi havia allà. Ben diferent de la d'en Murray, que havia vessat una mica de cervesa al plat i l'acostava ara a en Murrie. Aquest s'estirà amb el cap recolzat a la vora del plat i començà a fer glops com si fos un cavall a l'abeurador. En Murray s'obrí una altra llauna i féu un glop llarg.

–Doncs per a mi –digué després– hi ha un nom més apropiat.

–I quin és aquest nom, senyor Murray?

–Bastards!

Algú (crec que era la Parvati o la Kavita) féu un murmuri de desaprovació.

–Puc saber a què és degut, aquest insult? –inquirí el doctor.

–No cal prendre-s'ho tan a la valenta, doctor. No és un insult, sinó una descripció. Els bastards són fills il·legítims, nascuts de parelles no unides en matrimoni; fills sense pedigrí, adulterats, degenerats, sense una puresa de raça específica.

El doctor i en Murray van mirar-se durant una bona estona, en silenci. Com que la cosa durava, l'australià es portà la llauna als llavis i begué de nou. El doctor ho aprofità per replicar:

–Un comentari ben desafortunat, senyor Murray. Per si encara no ho tenia clar, li faig constar que com a graciós és millor el senyor Katsumi. Vostè dediqui's a l'enginyeria, que és el seu fort, i deixi els acudits pels que hi tinguin més traça.

–Com vostè ha dit, l'enginyeria és el meu fort. La paternitat queda al marge de la meva formació.

–Però no del seu contracte amb la Marshall Foundation. Vostè sabia perfectament que només aquí podria desenvolupar els UDH amb la celeritat i els mitjans que li vam oferir, i va avenir-se a les condicions. O sigui que ara no faci el llumenera, perquè està fora de lloc.

En Murray es contenia per no rebregar la llauna. Per evitar-ho, begué un cop més, sense dissimular la desdenyosa mirada que dispensava al doctor Braddock. El doctor Mamadou s'aixecà aleshores i desvià el centre d'atenció:

–Bé, senyors –digué com si no hagués passat res–. Me'n vaig a dormir. Jo i en Mamie estem rebentats.

El doctor Braddock, recuperant el to cordial que emprava habitualment, va afegir-se-li:

–Certament s'ha fet molt tard. També jo me n'aniré a dormir.

Ens vam desitjar bona nit sense entusiasme i la reunió es diluí. El doctor Mamadou partí cap al bungalou i la penombra engolí tot allò que no era bata blanca, la qual adoptà l'aparença d'un espectre de passeig. Després fou el torn del doctor Braddock. Quan marxà, la Kavita es posà dreta i l'encalçà de seguida. A mesura que s'endinsaven en la foscor, costat per costat, em semblà veure com s'agafaven de la mà. A les que els quedaven lliures hi duien sengles cistellets.

Un cop vam estar sols, en Katsumi s'aixecà tot d'una, corregué cap a la piscina i s'hi llançà de bomba, deixant anar un esmorteït crit en japonès. En Katsie i la Parvie, asseguts al peu d'una taula, van mirar-se'l estranyats. La Parvati aplaudí amb entusiasme:

–Oh, genial!

En treure el cap, en Katsumi ens cridà:

–No sigueu fleumes i tireu-vos!

–Sí, home! –replicà la Parvati–. No tenim banyador!

–Això no és excusa, jo m'hi he tirat vestit! Sou uns reprimits!

–Ara veuràs com n'estic, de reprimida!

La Parvati se li acostà des de fora l'aigua i li saltà al damunt. Els dos cossos es van submergir i al seu lloc hi aparegué un caos d'escuma blanca.

Amb les dents serrades, en Murray digué:

–Mira com es diverteixen...

S'aixecà d'una revolada i marxà cap al bungalou, prescindint d'en Murrie, que encara llepava el plat. En Katsumi acabava de sortir a la superfície. Va veure el moviment de l'australià i va interpel·lar-lo:

–Ei, Murray! On vas?

–A buscar més cervesa!

En Katsumi i la Parvati van mirar com marxava i tot seguit van enjogassar-se de nou, sota la mirada somnolenta d'en Katsie i la Parvie. En Markie feia estona que dormia dins del cistell.

–Marc, vine a l'aigua! –cridà la Parvati.

Vaig fer que no però a penes si em van veure, perquè en Katsumi enfonsà el cap de la Parvati dins de l'aigua i començaren a barallar-se un cop més. Vaig esperar una estona sense saber què fer. La batalla se'ls emportava cap a l'altre extrem de la piscina, cada cop més lluny d'on em trobava. Va arribar un moment en què era com si estigués sol. Vaig acomiadar-me sense que se n'adonessin. Mentre m'allunyava de la piscina carregant el cistellet, sentia com reien i clapotejaven amb insistència.

No havia arribat al bungalou que em vaig trobar en Murray, carregat amb un pack de llaunes de cervesa:

–Què? –preguntà abruptament–. Encara està despert el meu parent?

–Sí... –vaig respondre–. T'espera al costat del plat.

–Doncs ara corro a «ajudar-lo» –digué amb sarcasme.

–No era al revés? –vaig fer jo per seguir-li la veta–. Se suposa que és ell qui t'ha d'ajudar a tu. És clar que només és un nen, pobret...

–Sí, només un nen. Un infant que ha de fer evidents les meves misèries als meus ulls i als de tothom. Et pots creure que algú inverteixi tants milions de dòlars en una falòrnia com aquesta?

Vaig començar a rumiar la resposta, però en Murray estava impacient per beure i continuà el seu camí cap a la piscina, sacsejant el cap a banda i banda.

XXVIII

L'endemà al matí van despertar-me uns crits. Era l'Hemalatha.

S'havia llevat d'hora per desparar la taula. Havia anat a la piscina abans que en Kumar en fes la neteja diària. En una de les gandules hi veié aquell australià que tant la mortificava. Dormia. Duia la bata descordada, deixant al descobert una panxa blanca, peluda i prominent. Una mà la tenia sobre el melic. L'altra, recolzada a terra, sostenia una llauna de cervesa mig aixafada. Al voltant de la gandula hi havia més llaunes: totes buides i totes rebregades. L'Hemalatha començà a recollir els plats i els coberts amb cura; no volia que l'home es despertés. Va apilar tots els plats. Se'ls carregà als avantbraços, mirant de no embrutar-se el sari, i desféu el camí per on havia vingut. La piscina li quedava a l'esquerra. En Murray a la dreta. Recelosa d'ell, el sobrepassà mig de costat, donant-li l'esquena, com si volgués amagar-se'n. Va ser aleshores quan es fixà en la piscina. I va ser aleshores quan ho va veure. Botinflat i cap per avall, un ajudant surava al compàs d'un lleu onatge. Tenia la part superior del cos entaforada en l'obertura d'un dels filtres que hi havia al llarg de la paret. Rebotava contra el fons del forat una vegada i una altra, però no acabava mai d'alliberar-se de la cadència marcada per l'aigua, que el mantenia atrapat en aquella sepultura de clor. Els plats van caure a terra, i mentre en Murray es despertava atordit pel soroll de la trencadissa i la ressaca, l'Hemalatha deixà anar el primer de la llarga rècula de crits que ens acabarien despertant a tots.

Quan vaig arribar, en Kumar subjectava en Murray encreuant-li els braços a l'esquena. En Murray s'hi resistia sense gaire convicció. La incomprensió li transfigurava el rostre. El doctor Braddock l'escridassava violentament. Tenien els perfils separats per menys d'un pam, i la cara d'en Murray era un degotall de la saliva amb què l'altre l'esquitxava. La Parvati, força més enllà, assistia compungida l'Hemalatha, que, ofegada pel plor, amagava el cap entre els braços de la científica. El doctor Mamadou, de genollons, estava acabant d'examinar en Murrie, que algú ja havia tret de l'aigua. L'havien dipositat sobre un tovalló de roba blanca. El doctor Mamadou embolicà el cos amb el tovalló i es reincorporà amb un semblant greu. En Katsumi estava assegut a una cadira i s'arrencava un tros de plat trencat de la planta del peu. Havia estat el primer de respondre als crits de l'Hemalatha. Havia saltat del llit i havia corregut cap a la piscina vestit amb pijama. En arribar es trobà en Murray balbucejant i l'Hemalatha iniciant una fugida sense sentit, ara cap aquí, ara cap allà. Fou ell qui ens referí el que la cuinera va aconseguir contar-li en el seu anglès escarit i alterat per l'esglai. Per sort, la resta d'ajudants encara dormien, i tothom els havia deixat al bungalou.

–Es pot saber en què pensava, alcohòlic degenerat?

–Doctor Braddock... No sé com ha pogut passar...

–No ho sap? Doncs jo sí que ho sé! Va emborratxar-se amb en Murrie i després es va adormir. I el pobre ajudant, vinga fer tentines, fins que caigué a l'aigua, on morí tot marejat i sense entendre res de res. Vet aquí el que va passar!

–Ell insistia a beure...

–I vostè li ho impedia, oi? –el doctor gairebé treia escuma per la boca–. Ja es pot acomiadar dels diners, de la feina i de l'Índia! I oblidi's dels UDH. La fundació se'n quedarà la patent, els plànols, els prototips! Vostè no en veurà ni un cèntim, de tot això. La feina de tants anys llançada per la borda! S'ha quedat sense res de la nit al dia, ho comprèn? Acabarà pidolant pels carrers, senyor Murray. I ara, desaparegui d'aquest país abans que no sigui jo mateix qui li faci sortir a cops de puny tota la cervesa que té a la panxa!

En Kumar l'empenyé cap als bungalous. Abans que hagués pogut treure'l d'allà, però, aparegué la Kavita. L'administrativa va deturar-se un instant a parlar amb l'Hemalatha, corregué a veure les despulles d'en Murrie i tot seguit s'abraonà salvatgement cap a en Murray, proferint insults en la seva llengua. En Murray no es defensà.

Rebia les bufetades i les esgarrapades estoicament, protegit amb desgana per en Kumar. El doctor Braddock i el doctor Mamadou van córrer a agafar-la, i després d'un lleu forcejament van aconseguir reduir-la i apartar-la de l'australià. Aquest, conduït per en Kumar, s'allunyà finalment de la piscina, arrossegant els peus i amb el cap cot.

XXIX

L'Abbas aparegué amb el seu *rickshaw* per emportar-se en Murray amb ell. L'australià marxava d'allà com si hagués de tornar al cap de cinc minuts. Portava la bata posada i només s'enduia una petita bossa. Mentre s'acomodava dins el tricicle –els ulls caiguts, la boca torta, tot ell aliè a les mirades de desaprovació que li dispensàvem–, l'Abbas em picà l'ullet. Poca cosa sabia del que havia passat al centre, tret que en Murray havia acabat el seu contracte i que sota cap concepte podia tornar-lo a portar. Això és el que li digué el doctor Braddock quan arribà. Ho féu davant de tothom i en veu alta, sense cap mena de tacte o mirament. L'Abbas es limità a respondre fent oscil·lar el cap. I uns minuts després, en Murray desapareixia carretera enllà, en direcció a Kumily primer i qui sap on després.

La Kavita i l'Hemalatha volien que incineréssim el cos d'en Murrie segons el ritu tradicional hindú. El doctor

Mamadou i la Parvati s'hi oposaven. A en Katsumi tant se li'n donava. El doctor Braddock vacil·lava, per primera vegada. I a mi em semblava entendre'ls a tots i no entendre a ningú.

La pretensió de les dues índies era donar-li unes exèquies d'acord amb la seva religió. Que en Murrie no fos hindú no semblava condicionar-les en absolut. Potser era que el caràcter desgraciat d'aquella mort les impulsava a oferir a l'ànima de la criatura l'escalf de les seves creences. El doctor Mamadou i la Parvati oposaven un rebuig frontal a aquesta possibilitat. Segurament era per la seva formació científica que no en volien saber res, de cerimònies. S'inclinaven per una autòpsia i un envasament posterior en formol, com ja s'havia fet amb el primer Braddie fallit. En Katsumi no tenia cap interès en la discussió; més aviat l'exasperava. Feia dos mesos que teníem aquella existència de balneari, i, a despit que s'hi esforçava, començava a tenir dificultats per contenir el seu dinamisme innat. Per la seva banda, el doctor Braddock no es pronuncià obertament. Potser comprenia el dolor de la Kavita i l'Hemalatha. Fins i tot era probable que l'estranya relació que mantenia amb la primera l'influenciés en el tema de la incineració.

Però el doctor era el cap del projecte i sabia dues coses: la primera, que no podien celebrar una incineració ritual sense esgarrifar els ajudants. Òbviament, durant totes aquelles discussions els vam mantenir allunyats de la nostra presència. Dies abans del sopar, els havíem muntat una espècie de ludoteca en un racó del menjador: en Kumar havia fet un tancat de baranes de fusta i l'havíem omplert de coixins i de foteses que els poguessin fer gràcia. Era un espai prou gran perquè s'hi estiguessin tots alhora sense cap perill, allunyats de cadires i porticons. I era curiós veure com s'hi entretenien, perquè es comportaven igual que els nens al jardí d'infància. De fet, la Kavita passà moltes hores mortes amb ells, actuant ben bé com una mestra de parvulari. Els assistia sempre que hi havia caigudes, cops i relliscades, per rentar-los la cara i les mans, i per ajudar-los a fer pipí. Perquè, com ocorre amb els nens d'aquestes edats, els ajudants anaven plens de blaus i de nyanyos, de baves i de llàgrimes, i també d'aquells mocs i aquelles tossetes que agafen els infants i que mai s'acaben de guarir del tot.

En qualsevol cas, doncs, preteníem deixar els ajudants al marge de tot allò. De moment, tot el que els havíem dit era que en Murrie havia marxat amb en Murray cap a un altre centre molt semblant a aquell, i que quan fossin més grans podrien anar-lo a veure. Si s'havia de jutjar per les expressions que feien quan els ho explicaven, no ho van acabar d'entendre. Tant és així, que a vegades te'ls trobaves mirant la porta durant llargues estones, agafats als barrots de les baranes amb una determinació càndida però tenaç, com si esperessin que en Murrie entrés al menjador en qualsevol moment.

La segona cosa que sabia el doctor era que havia de conservar tots els cossos: ara com ara, els processos de clonació estaven aturats d'acord amb les seves instruccions. Ningú no podia assegurar que no s'esdevingués cap imprevist quan aquests processos s'engeguessin de nou.

Podia ser que el percentatge de gestacions culminades amb èxit disminuís notòriament. Fins i tot podia ser que no n'aconseguissin gestar més, d'ajudants. El procés estava força depurat, sí, però la combinació de transferència nuclear somàtica i ectogènesi no deixava de ser una successió d'imponderables més o menys controlats. Així doncs, tant la ciència com la fundació es mereixien la conservació dels cossos.

Al meu parer, a més, hi havia un darrer aspecte que condicionava enormement el doctor. Crec que el doctor temia el funeral per un motiu molt més elemental: no volia donar a aquella defunció la mateixa importància que donaria a una d'humana. I em semblà molt curiós que fos a través de la mort que el doctor tingués por que els ajudants ens resultessin massa propers. Era clar, doncs, que per a ell eren una altra espècie, i que volia que també ho fossin per a tots nosaltres. Potser era això el que l'ajudava a ser l'ànima d'aquell projecte sense patir cap càrrec de consciència.

–I vostè, senyor Soler? –digué tot d'una, com si acabés de descobrir la meva presència–. Què faria, vostè?

M'ho digué amb aquell deix lleugerament recriminatori que usava sempre que m'exigia un compromís. El sol to d'aquelles frases acostumava a fer-me balbucejar i omplir-me de dubtes. Aquella vegada, però, les paraules m'acudiren a la boca sense que hagués tingut temps de pensar-les.

–Incineri'l –vaig dir, i en sentir la resposta em semblà realment el més apropiat.

XXX

Naturalment no em van fer cas i en Murrie va anar a parar dins d'un envàs. El van guardar a la vidriera opaca del laboratori privat del doctor Braddock. L'Hemalatha i la Kavita no ho van pair. La primera marxà del centre al cap de pocs dies. La vam veure carregant un farcell al cap i desfilant carretera avall, a peu. El doctor Braddock corregué a encalçar-la. Van estar discutint al lluny durant una estona, però es veia ben clar que no la convenceria. Per a ella, aquella mort devia ser la culminació d'un reguitzell de sacrilegis.

–No sé per què hi perd el temps –digué la Parvati al meu costat.

–No et sap greu, que marxi?

–Pst. Només és la cuinera. No cal capficar-s'hi.

–I què me'n dius del protocol? A ella no li apliqueu? Creus que és bona idea que escampi les activitats del centre així com així?

–L'Hemalatha no explicarà res. Com en Kumar, és mig analfabeta; no tindria cap credibilitat. Viu per aquí dins –féu un gest vague cap a la jungla– perquè és d'ascendència tribal. Suposo que per això té tants prejudicis. –Llavors afegí, com de memòria:– Aquí no ens amaguem de res, només de l'espionatge industrial. El govern indi ens ha concedit tots els permisos necessaris.

–I què hi ha d'en Murray? No et sembla que pot anar a la competència, ell?

–En Murray està acabat. No anirà enlloc; no té mitjans per fer-ho i ha estat apartat de tot durant massa temps. A més a més, qui creus que la voldria, una persona tan intractable i insuportable?

El to de la Parvati m'incomodà més que les seves paraules. Li hauria volgut comentar que la fundació no havia tingut pas tants miraments amb ell, o en qualsevol cas, que no els havia tingut fins que no disposà dels UDH. Però, és clar, la negligència d'en Murray havia causat la mort d'un ajudant, i això no deixava cap oportunitat real d'exculpar-lo.

El doctor Braddock ja venia cap a nosaltres i la cuinera se'ns en allunyava definitivament:

–Se'n torna al poble. Diu que només és a un dia de camí, bosc endins.

–A qualsevol cosa li diuen poble.

–He fet el que he pogut: li he pregat que és quedés, però no n'ha volgut saber res.

–Doncs ella s'ho perd. Per un cop a la vida que aconseguia un sou...

–Després l'he volguda atemorir. Li he preguntat si no tenia por dels tigres.

Vaig mirar-me el doctor amb desconcert. Continuà, sense fer-me cap cas:

–M'ha dit que per aquesta zona no es veuen tigres des de 1990. I que passada l'època de pluges els tigres encara es fan més fonedissos. I ha afegit que, en qualsevol cas, un tigre sempre serà millor que no pas jo. Quan m'ha dit això, l'he deixada marxar. No tenia ganes d'enfadar-me.

La partida de l'Hemalatha traslladà la Kavita dels despatxos a la cuina. No li féu cap gràcia. S'intentà escudar en la ludoteca per evadir les noves atribucions, però el cert és que tots nosaltres teníem temps de sobres per estar amb el nostre ajudant. A més a més, tots ells progressaven tan ràpid que ben aviat van començar a avorrir-se dins d'aquell recinte més aviat limitat. La Kavita, doncs, no tingué cap altra opció que acatar les indicacions del doctor, i es posà a cuinar perquè no en tenia més remei. Ho feia amb desgana i sense concessions, de manera que els espaguetis i les pizzes van desaparèixer del menú i l'arròs amb llegums alternava amb les *masala dosai* dia sí dia també. I aquestes ara encara m'agradaven menys. Si més no, les que feia l'Hemalatha no estaven mai crues.

Un distanciament més gran entre els membres del centre va fer-se obvi: passàvem els dies sense relacionar-nos més del que era inevitable. Havia aconseguit formar part d'alguna cosa, sí, però era una cosa sense gaire cohesió. Les diferències d'origen, procedència i inquietuds s'accentuaren fins a fer evident que l'únic nexe que ens vinculava eren els ajudants. De vegades s'agrupaven per jugar plegats, i aleshores coincidíem en Katsumi, la Parvati, la Kavita, els dos doctors i jo. Però ens quedàvem pràcticament callats, sense fer altres observacions que les motivades per les trapelleries ocasionals dels ajudants.

Tot plegat comportà una certa indolència en l'enregistrament de dades, fins al punt que l'antiga incúria d'en Murray (la marxa del qual m'havia dispensat de qüestionar) esdevingué el patró de comportament habitual per a quasi tots, com si la naturalesa del projecte i la investigació s'anés diluint dins la seva pròpia indefinició. Només el doctor Mamadou continuava amb el mateix zel de sempre, seguit força de prop pel doctor Braddock.

Aquest conjunt de circumstàncies m'impulsaren a intentar refugiar-me de nou en el diari. Volia reflexionar sobre l'abast de tota aquella situació. En Markie, que no era tan belluguet com en Katsie, ho acceptava de bon grat. M'havia vist escriure amb anterioritat i li agradava imitar-me. Em demanava un plec de papers i la punta d'un llapis i, assegut de cul damunt la taula, s'abstreia de tot el que l'envoltava mentre omplia els fulls de gargots sense sentit.

Però el cas és que jo era incapaç de reflexionar res o d'escriure cap conclusió. I inevitablement, aquesta incapacitat em portava a pensar en la Marta. M'havia imprès el darrer missatge que m'havia enviat. Sempre que el rellegia hi descobria raons torbadores i veritats que no estava segur de voler assumir. Segurament per això acabava pensant en la seva vida barcelonina: em resultava més còmode.

Aleshores faltava només un mes perquè comencés les oposicions. Jo estava segur que les aprovaria, i ella segurament també. El més probable és que el primer any tingués plaça en un institut de fora de Barcelona, potser a Manlleu, Bagà o Piera. Si li quedava gaire lluny, hauria de buscar un pis de lloguer per no haver de fer massa quilòmetres diàriament. En l'entretant, però, començaria a buscar l'altre pis, el de veritat. El que volia fer servir per hipotecar-se. Feia tres anys que tenia el primer cotxe: l'havia comprat sabent el temps exacte de què disposava per pagar-lo abans que sortissin les oposicions. Per tant, un cop les tingués aprovades, podria dedicar-se a invertir una gran part del sou en el pis i una altra petita part en el lloguer, tan inevitable com transitori.

Endinsar-me en els càlculs i les possibilitats de la Marta m'allunyava del Jungle Research Centre. A despit de compartir aquells moments d'intimitat amb una evidència ben palpable com en Markie, una gran nebulosa distorsionava les meves vivències índies, fins a l'extrem que l'escena d'aquell receptacle de desenvolupament intrauterí que s'obria per deixar emergir la Kavie em semblava tan llunyana i imprecisa com el meu primer viatge en *rickshaw*, allà a Madurai.

I, malgrat tot, sabia que abstreure'm gaire més temps del present era una quimera. No perquè ningú en concret m'ho impedís, sinó perquè jo també havia volgut que incineréssim en Murrie. I el que això volia dir era senzill, encara que alguns com la Parvati i el doctor Mamadou s'hi mostressin obstinadament en contra i d'altres com jo no acabéssim d'actuar en conseqüència. Les vides de tots nosaltres, ajudants i investigadors, estaven entrecreuades de manera indefugible, i era impossible que en un moment o altre no n'haguéssim de respondre.

Així que les coses van seguir el seu cicle, i un dia que en Katsumi, la Parvati, el doctor Mamadou i jo érem a la piscina, s'esdevingué el fet que inevitablement precipità els esdeveniments.

XXXI

Tot de flors de llessamí suraven a la superfície de l'aigua. La Kavita les hi llançava cada matí. De vegades, al vespre, hi afegia unes petites espelmes muntades en unes embarcacions fetes de fulla. Feien un efecte molt bonic quan ja era fosc. Ningú no va dir-li res sobre aquesta iniciativa. Ni tan sols el doctor Braddock, a qui tanta flor i tanta fulla haurien hagut de destorbar les sessions de natació. La realitat és que ningú no s'havia tornat a banyar a la piscina des de la mort d'en Murrie. I la reiterada absència de banyistes combinada amb la reiterada presència de flors, l'havia acabat convertint en un espai més cerimonial que lúdic. Passar-hi hores i més hores sense voler-ne recuperar la funció original fou l'única concessió –no sé si conscient o inconscient– que vaig veure mai a la Parvati. El doctor Mamadou mantenia aquella impassibilitat infranquejable, però aparentment tampoc no hi tenia res en contra. En

Katsumi, com sempre, prescindia de tot i de tothom, i no entrava als seus esquemes que aquella piscina pogués tenir cap implicació simbòlica. En Kumar, per la seva banda, havia teixit una estranya aliança amb la Kavita. Com a encarregat de neteja i manteniment, podria haver estat el primer de posar fi a tot allò, però no ho havia fet. I si bé no havia marxat indignat com l'Hemalatha –també ell pertanyia a una tribu de la muntanya–, sí que havia modificat el pol de submissió, i sens dubte ara preferia estar més pendent de la Kavita que del doctor Braddock. I aquest, mentrestant, intentava recompondre les peces d'un pla desballestat per unes conseqüències encara en gran part per esdevenir-se i de les quals era del tot impossible preveure'n l'abast.

En Katsie acabava d'oferir-nos el seu repertori de cabrioles tantes vegades que amb prou feines si li fèiem cap cas. En Katsie, que ja feia verticals, rodes i d'altres proeses gimnàstiques d'inspiració marcial, era prou jove per faltar al respecte a qualsevol. Culpar-lo a ell seria injust, de la mateixa manera que és injust culpar un nen que, tal com diu la paraula, és un malcriat. Però en Katsumi s'havia aferrat a les raons del doctor Braddock i esperava que fos el seu respectiu qui l'ajudés a ell (i segurament ni això), sense preocupar-se de transmetre-li res més que el seu nerviosisme incontrolable. De manera que en Katsie es començà a inquietar en veure que l'ignoràvem, i no se li va ocórrer cap altre joc que saltar amb insistència sobre els dits dels nostres peus; ara els meus, ara els de la Parvati, ara els d'en Mamadou.

La resta d'ajudants se'l miraven amb reserves. Era obvi que no aprovaven aquell comportament, tot i que el seu rebuig era més visceral que racional. En Katsie era massa jove per haver adquirit tots els vicis d'en Katsumi, però era innegable que les característiques del seu entorn més immediat (és a dir, d'en Katsumi), havien ajudat a potenciar-li enormement certes disposicions naturals, fins al punt de fer-lo insuportable.

El doctor Mamadou fou el primer a reaccionar. I ho féu amb brusquedat. Es cansà de tenir en Katsie burxant-li els dits i aixecà el peu amb força. En Katsie sortí disparat i volà pels aires fins a caure davant d'en Katsumi, que esclafí a riure. Vaig mirar-me el doctor Mamadou un xic esparverat. Fins aleshores l'havia cregut capaç de restar impertorbable fins i tot enmig d'un incendi. Ara descobria que també tenia sang, i que la tenia calenta. I com que sovint és la gent més continguda la qui explota de formes més incontrolables, vaig apartar la mirada sense poder-me desfer, però, d'una inquietud desagradosa.

La Parvie i en Markie van córrer a atendre en Katsie, però ell els rebutjà plorant i es refugià entre uns matolls, uns metres més enllà.

–Pobret –digué la Parvati, i continuà estirada al sol.

En Katsumi no es dignà ni a secundar-la.

La quietud s'ensenyorí de nou de la piscina. Tots estàvem com endormiscats. No pas de son, sinó d'una espècie de defalliment intangible, atribuïble, potser, a un excés d'ociositat.

En el meu cas, vaig començar sentint l'enrenou com entre somnis. Però com que la cridòria en comptes de diluir-se en una imprecisió onírica, s'incrementà al mateix temps que es definia, vaig acabar per esbatanar els ulls, tot reincorporant-me. I vet aquí el que vaig veure:

En Katsie corria al voltant de la piscina. Arrossegava en Mamie pel coll de la camisa. La corredissa el feia rebotar contra terra com si fos un tros de goma. Per dessota els crits del doctor Mamadou, que els perseguia sense èxit, se sentien els planys escarransits d'en Mamie.

–Fes el favor d'aturar-lo! –ordenà enèrgicament el doctor a en Katsumi.

Però ell no acabava de reaccionar, sinó que contemplava la situació amb una gran ganyota a la cara; el nas excepcionalment arromangat i les dents del tot exposades al sol. En Katsie s'allunyà de l'abast del doctor introduint-se a un forat que hi havia entre uns maons. El doctor s'agenollà per mirar-hi a dins. Hi entaforà el braç i remenà amb compulsió. No en tragué res. Tornà a agenollar-se per mirar. Llavors s'aixecà i ens mirà. La indignació li desencaixava el rostre:

–L'està apallissant! L'està apallissant!

La Parvati i jo ens havíem alçat. La Parvati estirà en Katsumi per un braç:

–Fes alguna cosa! En Mamie és massa dèbil per a això!

En Katsumi continuà ajagut:

–Però què vols que faci? Deixeu-los estar, dona... Si només és una picabaralla entre criatures!

En sentir això, el doctor Mamadou girà cua i es dirigí a grans gambades cap al japonès. En Katsumi el veié venir, però en aquella ocasió fou ell l'immutable. Si jo hagués estat al seu lloc hauria engegat a córrer: en l'avanç del doctor, la determinació i la ira traspuaven a parts iguals.

El doctor agafà en Katsumi per la samarreta i l'aixecà sense cap dificultat, fins a deixar-lo de puntetes. En Katsumi se sorprengué d'experimentar un gest tan vigorós sobre la seva persona. Abans que pogués reaccionar de cap manera, però, el doctor li etzibà quatre ventallots seguits, ara a una galta, ara a l'altra, ara del dret, ara del revés:

–Maleït japonès desgraciat! És que no et pots ocupar del teu brètol?

En Katsumi es desempallegà tan miserablement de l'aferrada que es desequilibrà i caigué a terra. Però no havia ni acabat de caure que va engegar a arrossegar-se cap al forat, al mateix temps que implorava:

–Està bé! No em peguis! No em peguis més!

El doctor no el pegava amb les mans, però l'apallissava amb els ulls. Caminava apressadament rere seu, amb un esguard tan intens que per un moment vaig témer que els ulls no li explotessin. En Katsumi es llançà de planxa cap a l'obertura i començà a cridar:

–Katsie! Katsie! Surt d'aquí ara mateix! Deixa en Mamie en pau!

En Katsie no respongué. En Katsumi es mirà el doctor de terra estant. Temia rebre de nou si no aconseguia fer-los sortir de seguida. Ara el nas no se li arronsava de suficiència, sinó de por. I no era per a menys, perquè el doctor Mamadou s'havia aturat ben a la vora del japonès i alçava una mà tan plana com gegantina, preparada per actuar en qualsevol moment. La Parvati se m'acostà i s'abraçà amb força al meu braç.

–Katsie! –cridava en Katsumi–. Surt d'una vegada! No em facis enfadar!

El doctor inicià una rotació de cintura perquè la mà pogués agafar embranzida. Al final, però, només fou un conat. Perquè en Katsie sortí d'aquell cau. Escabellat, amb la roba rebregada i amb una expressió tan desoladora que de seguida vaig entendre què havia passat. En veure'l sortir sol, el doctor s'agenollà, i després d'espaventar-lo amb un cop de mà, introduí tot el braç, llarg com era, dins de l'orifici. En tragué en Mamie, inert com un matoll de joncs segats.

–És mort! –balbucejà, portant-se'l a l'alçada dels ulls–. És mort!

Aleshores, abans que cap de nosaltres no tingués temps de reaccionar en una o altra direcció, el doctor aixecà poderosament la cama dreta i la descarregà amb tota la seva fúria sobre un cos tan petit com el que tenia a la mà: el d'en Katsie. L'ajudant s'elevà pels aires i volà uns sis o set metres ben bons. La distància hauria estat superior si no fos perquè un tronc de palmera aturà la projecció de la paràbola en el moment en què iniciava el descens inexorable.

–Oh, Déu meu! –cridà la Parvati llançant-se contra el meu pit.

El doctor Mamadou mirà com en Katsie relliscava tronc avall amb el coll trencat i marxà corrents tot seguit, amb en Mamie a la mà. En Markie i la Parvie, als nostres peus, ploraven desconsolats. En Katsumi, que havia seguit tot l'incident des de terra, es reincorporava amb el rostre contrafet:

–Aquest tio està fatal... –quequejava–. Està sonat... És un boig!

XXXII

El doctor Mamadou presentà una renúncia irrevocable (tanmateix, l'haurien hagut d'expulsar si ell no s'hagués decidit a marxar). Exposà que la seva reacció era imperdonable i que volia carregar amb tota la responsabilitat i les conseqüències que se'n derivessin. Tenia la intenció d'anar a Califòrnia, a la seu de la Marshall Foundation, i reconèixer-los personalment la seva falta. Un cop ho hagués fet, acceptaria els designis de la fundació com si fossin el veredicte d'un tribunal. Estava disposat a renunciar al seu sou i, fins i tot, a pagar una multa. L'únic que esperava és que el deixessin continuar treballant, que li permetessin compensar, a través de la seva vàlua professional, el mal que havia fet.

El doctor Braddock no intercedí per ell i es limità a redactar un informe per a la fundació, basat en el meu testimoni i els de la Parvati i en Katsumi.

–Francament, doctor Mamadou, no m'esperava això de vostè –li digué en el moment de la renúncia.

–Ho sé –replicà ell sense mirar-lo–. I no sap pas com ho lamento.

El doctor Braddock l'observà amb severitat abans de preguntar-li una cosa que ens sorprengué a tots:

–Vol que l'enterrem?

El rostre impertorbable del senegalès es constrenyí tot d'una. Per bé que acotà el cap, tothom s'adonà que s'empassava un sanglot. Es restablí ràpidament, però. Aleshores mirà el doctor Braddock de fit a fit i respongué, amb un fil de veu:

–I també a en Katsie, si us plau.

El doctor Braddock assentí. Aleshores vaig comprendre que, quan el senegalès s'havia oposat tan fermament a la incineració d'en Murrie, lluitava més contra ell mateix que contra l'Hemalatha i la Kavita. Més enllà de les opinions que tenia sobre l'«eficàcia» i de la consideració que li mereixia la clonació reproductiva, una mena d'amor paternal l'havia intoxicat a despit seu. I si bé havia aconseguit mirar cap a una altra banda durant la major part del temps, aquell accident insospitat l'havia deixat en evidència davant ell mateix. I encara que volgués recuperar el posat i els esquemes, ho tenia difícil, ja que en Mamie, al capdavall, havia mort de forma traumàtica i inesperada, i això sempre genera un dolor punyent. Adonar-me de tot plegat m'impressionà, però també m'incomodà profundament.

Les conseqüències directes d'aquell dia desgraciat no van acabar-se aquí, ni de bon tros. Perquè el doctor Mamadou era el culpable material d'una mort, però hi havia un altre cadàver que es relacionava inexorablement amb en Katsumi, i era obvi que aquesta circumstància havia de condicionar d'alguna manera el seu futur. El doctor Braddock volia despatxar-lo sense contemplacions, però la fundació no li ho permetia. Pel que sembla, consideraven que la seva vàlua científica era més important que el seu comportament.

–Per culpa de la seva actitud irresponsable he perdut un gran professional, senyor Katsumi.

Des de l'incident, en Katsumi patia una lleugera tremolor que encara el feia semblar més nerviós:

–Jo no hi he tingut res a veure, doctor! –cridà–. Que en Mamadou estigui sonat no és pas culpa meva!

–«Doctor» Mamadou. Si vostè pensa que no en té cap culpa és que encara és més immadur del que em pensava. No s'adona que ha descurat el seu ajudant d'atencions?

–Però què diu? –s'exaltà en Katsumi–. I quines atencions volia que li donés? Ni els meus pares no havien estat tant per mi com jo he estat per aquest ninotet!

El doctor Braddock inspirà un moment per contenir-se:

–Si fos per mi, l'enviaria a fer submarinisme a perpetuïtat, senyor Katsumi. Però la fundació en té prou a fer que practiqui *snorkel* durant unes quantes setmanes. L'envien de nou a les Maldives.

El japonès empal·lidí en sentir-ho:

–Això no m'ho pot fer, doctor! Sap perfectament que em necessita! Jo... –tartamudejà un xic– formo part d'aquest centre! No em pot enviar a aquelles illes soporífiques! No m'ho mereixo!!

El doctor no estava disposat a fer concessions:

–No li pertoca a vostè, decidir què es mereix. I estigui segur que, si de mi depengués, no el deixaria tornar mai aquí.

En Katsumi no volia acabar la discussió de cap de les maneres, però el doctor se'l tragué de sobre sortint de la sala on érem reunits. Només la Parvati aconseguí calmar-lo, encara que em semblà que ho feia d'esma i sense gaire sentiment.

La gestió dels dos assumptes fou un afer públic: tots els qui quedàvem al centre –a excepció dels ajudants, naturalment– vam assistir a l'acomiadament del doctor Mamadou i a la reprovació a en Katsumi. De forma temporal, això semblà atorgar-nos una certa cohesió com a grup. Si més no, a tots nosaltres ens semblava que el que havia passat era horrible. Però ben aviat es veuria que cadascú tenia diferents maneres de jutjar-ho i d'enfrontar-s'hi.

En general, el doctor exhibí una determinació notable durant la crisi. Però tot just marxar en Katsumi començà a mostrar-se menys expansiu. Deixà de freqüentar la Kavita (o potser era a l'inrevés) i, en comptes d'això, passejava pel porxo de l'edifici principal durant hores i hores, intensament concentrat en meditacions sobre les quals no ens deia res. I si per alguna cosa t'hi havies d'adreçar, t'atenia distretament, mirant cap algun punt incert de la base del teu coll. Tal vegada la manca d'exercici físic –feia molts dies que no nedava– li dificulta la concentració, vaig pensar. O potser és que en els moments complexos les drogues que prengué de jove li passen factura. O potser és el desolador aspecte que està adquirint aquest centre, cada cop més poblat d'absències i silencis. O potser tot plegat, i encara més.

XXXIII

El centre es quedava buit, sí, però no només de persones. Un matí em vaig llevar amb la desconcertant sorpresa de ser l'únic ocupant del llit. I això era inaudit, perquè en Markie, com la resta d'ajudants, era un tros de liró, i no hi havia cap dia que no fos jo qui no l'hagués de despertar. Vaig llevar-me i vaig escorcollar el bungalou d'un cop d'ull. No vaig acabar de fer-ho, perquè de seguida em vaig adonar que la porta era un xic oberta, tot just per permetre el pas d'alguna cosa no gaire més gruixuda que un cartró de llet.

En sortir fora, vaig trobar-me la Parvati que escorcollava el jardí. Aixecà el cap i em va veure:

–Marc! Has vist la Parvie? No la trobo...

–Ni jo en Markie.

El doctor Braddock aparegué caminant amb els braços oberts i la bata mal cordada:

–En Braddie no hi és!

–Tampoc els nostres, doctor!

–Maleït siga, hem de trobar-los!

Llavors vam sentir uns sanglots: la Kavita venia al nostre encontre gemegant i pegant-se al front amb les mans:

–Kavie... Kavie....

–És clar que la seva també està amb els altres! –féu en Braddock. I afegí esbufegant: –Ho sento, però ara no estic en condicions de consolar ningú!

El doctor marxà cap a dins de l'edifici principal abans que l'altra pogués atènyer-lo. Ens vam trobar amb la Kavita plorant als nostres braços (als de la Parvati per ser més exactes), del tot abatuda. Mentre passava això, en Kumar ens observava des de la distància.

Al capdavall, la fugida dels ajudants no ens hauria d'haver agafat tan desprevinguts. D'ençà de la mort d'en Murrie, que havien intuït a despit de les nostres explicacions, una mena de recel –tènue, indefinit– podia endevinar-se en la manera com ens miraven, ens preguntaven o ens escoltaven. Per a ells, aquella desaparició gratuïta havia estat la primera injustícia dels déus, i en aquells moments els déus érem nosaltres. De forma similar a com fem les persones, acabaven de descobrir que no hi ha res que duri per sempre, i estaven una mica contrariats. Però encara no havien acabat ni d'elaborar aquest sentiment, que van presenciar –i als que no hi van ser els ho explicaren els altres– la violenta escaramussa entre en Katsie i en Mamie, i l'encara més violenta reacció del doctor Mamadou. I si bé no podien comprendre l'abast de la fatal actitud d'en Katsie perquè sempre l'havien vist comportar-se així, perquè no tenien una idea del tot precisa de la mort, i perquè no havien arribat a veure la pallissa directament, sí que podien, en canvi, horroritzar-se amb la puntada de peu del doctor Mamadou –sempre tan serè–, esfereir-se amb la paràbola que dibuixà el vol d'en Katsie i estremir-se amb l'espetec que li féu el coll en xocar contra el tronc d'una palmera. Recordo la conversa que vaig tenir amb en Markie sobre allò. Em preguntà:

–S'ha fet mal, en Katsie?

Vaig respondre-li escaridament:

–Sí.

–Molt mal?

–Molt.

I ell sentencià:

–I ja no jugarà més.

Però sota l'aparent innocència d'aquesta conclusió hi germinaven grans incerteses, incerteses que connectaven la desaparició d'en Murrie amb el cos inert d'en Mamie i amb l'espaordidora reacció del doctor Mamadou. Els vam estalviar l'enterrament amb la voluntat de no trasbalsar-los més, i amb la mateixa voluntat vam deixar que fessin pinya al marge de nosaltres, que disposessin d'un munt d'hores perquè poguessin estar junts i mitigar així la confusió que els envaïa. I d'aquest recolliment en sorgí una consciència col·lectiva prou consistent per allunyar-los de nosaltres: la prova és que ja no hi eren.

La Parvati i jo vam estar una estona buscant-los pel centre. Vam regirar cadascú per la nostra banda, i jo vaig trobar una pista a la part posterior dels bungalous: un tros de camisa (d'en Markie?; això és el que vaig pensar, per bé que tots vestien igual) enganxat en una planta d'espines verdes i ufanoses. La planta estava just a l'entrada del bosc, per la qual cosa vaig convenir que havien hagut de marxar per allà. Era una deducció simplista, però tampoc tenia cap altre indici per aferrar-me.

La Parvati no es mostrà especialment entusiasmada amb la troballa, però m'acompanyà a transmetre-la al doctor. Fent camí cap a l'edifici principal vam veure la Kavita, asseguda en un racó del jardí, amb el cap amagat entre les mans. La Parvati em xiuxiuejà que la Kavita era estèril i que el seu marit l'havia repudiada anys enrere, en assabentar-se que era incapaç de procrear.

–Pobreta... –vaig dir.

–N'està fent un gra massa, tanmateix.

Vam pujar al despatx del doctor. Havia romàs allà des que havíem notificat les desaparicions.

–Hi ha novetats? –preguntà.

–Creiem que han fugit jungla endins –respongué la Parvati.

El doctor assentí:

–Serà difícil trobar-los. La muntanya és immensa, i ells són minúsculs.

–Deixant de banda que a hores d'ara ja se'ls pot haver menjat qualsevol bèstia de la jungla –apuntà la Parvati–. Però suposo que sosté que la nostra responsabilitat és mirar de protegir-los, oi doctor?

–Això mateix.

Ella sospirà:

–I no seria hora de reprendre les intencions inicials? Em sembla que...

El doctor aixecà la mà per fer-la callar:

–No es preocupi. És el que penso fer si els trobo.

El doctor s'adreçà llavors a mi, dient-me en un to explicatiu:

–No deuen entendre que els serà impossible sobreviure en un medi tan hostil per a ells. Fins i tot, és probable que, si els trobem, es resisteixin a tornar. Hem de ser persuasius i intentar no alterar-los amb cap gest brusc o violent. És obvi que són molt sensibles a actuacions d'aquesta mena.

–No m'estranya. Després del que han viscut... –vaig dir.

–Sí, és cert. Els ajudants tenen una sensibilitat tan exacerbada com la nostra. Si aconseguim tornar-los a la cleda, haurem de treballar molt aquest aspecte. Això evitarà futurs sofriments i decepcions, tant a ells com a nosaltres.

Si hagués estat en Katsumi, li hauria preguntat:

–I com es treballa aquest aspecte? Fent-los psicoanàlisi?

Però jo no era en Katsumi, i el sarcasme no era una cosa que em fos fàcil de posar en pràctica. El doctor exposà els seus plans:

–El senyor Kumar ens pot ajudar amb la batuda. De petit va viure força anys entre aquests boscos i se'ls coneix bé. A veure... –consultà el rellotge–. Si sortim ara mateix, disposarem de moltes hores abans que es faci fosc. Podríem avançar horitzontalment, separats uns quants metres els uns dels altres. Així pentinaríem una superfície de terreny més gran.

La Parvati hi va intervenir:

–Jo no vindré: no tinc sabates de trescar.

–Ho comprenc... –digué el doctor.

–A més a més –afegí ella–, algú s'ha de quedar aquí per si tornen, no?

–D'acord. Senyor Soler, li importaria d'anar a buscar el senyor Kumar? Expliqui-li què anem a fer i esperin-me a baix.

Vaig seguir les indicacions del doctor i uns instants després ja érem a la porta de l'edifici principal esperant el doctor. Vaig aprofitar-ho per fer una visita llampec al menjador. L'època del menjar a tota hora havia finit amb la marxa de l'Hemalatha. Des d'aleshores, la Kavita s'ho havia manegat amb més o menys fortuna, però és clar, en les circumstàncies d'aquell moment era comprensible que no hi hagués res per triar. Res tret d'una *masala dosai*, freda i remollida. Tot i això vaig menjar-me-la, primer perquè estava mort de gana, i després, perquè em semblà que sempre seria millor tenir alguna cosa a la panxa que sortir a explorar el bosc en dejuni. Em vaig equivocar, de mig a mig.

XXXIV

Un cop dins la jungla, la pretensió del doctor fou impossible de realitzar. En primer lloc, la vegetació ens incomodava massa per permetre'ns un avanç en horitzontal. I en segon lloc, el més probable era que els ajudants aprofitessin els senders dels animalons per progressar sense el destorb de fulles, branques i branquillons. De manera que, en comptes de pentinar el terreny com si fóssim una xarxa d'arrossegament, vam començar a seguir caminois de traç irregular i sentit canviant. Alguns eren aptes per al pas de persones, d'altres només per al de ratolins. Però com que unes i altres opcions podien ser vàlides, ens vèiem obligats a repassar totes les possibilitats, i això feia que tan aviat ens acostéssim com ens separéssim entre nosaltres, perquè, és clar, cadascú s'ocupava d'un camí diferent.

Vam caminar un parell d'hores en silenci. A causa de la tipologia del nostre curiós avenç, no ens vam allunyar gaire del centre. Tot i així, vaig notar-me les cames de seguida. Al capdavall, després de tants mesos d'inactivitat, el meu estat de forma s'hauria ressentit de qualsevol exercici perllongat.

–És evident que hauria estat millor que la Parvati també vingués: som massa pocs per abraçar una àrea tan gran! –em digué el doctor d'improvís, cridant-me des de lluny–. Li sembla que he estat massa condescendent amb ella? Potser li fa aquest efecte... Però ha de saber que mantinc una relació especial amb la senyoreta Parvati.

Em sorprengué el to del comentari. Tenia quelcom de confessió, sense arribar a ser-ho.

–El primer que haig de dir és que la senyoreta Parvati ha tingut molta paciència amb mi. Miri: s'ho cregui o no, sóc un home voluble. Suposo que deu haver sentit tota mena de coses sobre el meu passat...

La veu del doctor m'arribava confosa entre la fressa que fèiem en avançar. Veia la silueta d'en Kumar a uns vint metres, serpentejant sobre si mateixa. El doctor es trobava entre tots dos, i aprofità un apropament puntual dels nostres senderons respectius per dir-me en un to més discret:

–Què li sembla? És possible que si ens senten acudeixin a nosaltres. Fet i fet, deuen estar escagarrinats, després de tantes hores a la jungla. No deixen de ser criatures de piscina, oi? En qualsevol cas, sempre els vindrà menys de nou que si ens troben de sorpresa.

Vaig assentir en silenci i vaig continuar mirant a terra amb atenció, però cada vegada em semblava més improbable trobar-los: en realitat, els ajudants podien haver seguit qualsevol camí, però també podien no haver-ne seguit cap. A cada passa que feia, deixava enrere una multitud de recers i abrics en potència (una soca foradada, un jaç de fulles, un tronc podrit...). A més, la calor m'estava aclaparant: tenia la samarreta xopa i la suor em feia olor de *masala dosai*.

–De jove era un alumne molt brillant –continuà el doctor–. Tot i això, les circumstàncies de l'entorn em van atraure més que la carrera, i vaig dedicar molts anys a la guitarra i als al·lucinògens. Mai no me n'he amagat: si no li ho havia comentat abans és perquè no venia al cas. La qüestió és que, finalment, l'íntima ànsia d'una recerca espiritual més profunda em retornà a la ciència, i després de molts anys d'esforç, vaig aconseguir sobresortir de nou. Quan la Marshall Foundation s'interessà pel que els proposava, era plenament conscient que el crèdit que em donarien no seria infinit: tothom coneixia el meu currículum.

Callà una estona perquè va veure que ens havíem allunyat massa. En el moment que retornà cap a mi, continuà:

–La senyoreta Parvati va rebre el difícil encàrrec de vigilar-me. El seu pare és en Tony Rajendra, un dels principals responsables del Marshall Bank. A aquests homes de negocis mai no els fa gràcia desprendre's dels seus diners, de manera que, aprofitant que la seva filla era científica, me l'encolomà. Afortunadament, la Parvati és una noia molt competent, encara que potser no tant com es pensa. Ella i jo ens hem emmotllat força bé i hem pogut conjuminar els interessos dels uns i dels altres: ella ha respost davant la fundació sense renunciar als seus delits de conèixer, i jo he tingut el suport que necessitava per fer el que m'abellís, fins i tot per apartar-me de les intencions originals. Com vostè mateix deu haver experimentat, els nostres investigadors només estaven al corrent de parcel·les molt concretes del projecte. La senyoreta Parvati, en canvi, en coneixia l'abast complet. El seu darrer viatge a Califòrnia fou una iniciativa meva. I ella l'acceptà, a despit de saber que hi hauria de defensar una proposta contrària a les intencions que li deia fa un moment.

Vaig deturar-me. El doctor Braddock s'havia engrescat i estava en ple soliloqui, sense apercebre la meva aturada. Encara que s'allunyava de mi, el sentia perfectament, perquè vocalitzava amb una precisió extrema. Crec que gaudia escoltant-se.

–Resulta que em calia més temps. Temps per esbrinar què ens podien aportar aquells nous éssers que eren a punt d'arribar... Encara que això comportés endarrerir els plans de producció massiva uns mesos més.

Jo l'escoltava contorbat. Però de què em parlava, aquell home?

–... perquè ho entengui de veres, però, ens hauríem de remuntar al primer Braddie.

Vaig avançar unes passes i vaig advertir que arrossegava els peus: cada vegada em pesaven més les cames. El doctor, mentrestant, anava afegint més dramatisme al relat; canviant les entonacions, fent escarafalls, gesticulant...

–Per dir-ho de forma planera, jo esperava que tanta manipulació i reprogramació generaria un ens resultant menys operatiu. Res més lluny de la realitat: va finir molt ràpid, però durant el poc temps que visqué, féu gala d'unes aptituds prometedores. Certament, la nostra feina no estava orientada en aquell sentit, però, com li he dit abans, sóc un home voluble. No vaig poder evitar d'engrescar-me en adonar-me de tot aquell potencial. Fins aleshores havia observat una contenció exemplar, li ho asseguro. M'havia fixat un objectiu i mai em vaig desviar de la traça que m'hi portava. Però una vegada més, les circumstàncies de l'entorn em van tornar a atreure més que les obligacions, i aleshores em vaig deixar portar de nou. Aquesta vegada, sense drogues ni música pel mig, és clar.

»Vaig convèncer la senyoreta Parvati de concentrar-nos en l'estudi del desenvolupament cognitiu, psicològic i emocional d'una nova sèrie de respectius. D'alguna manera, es tractaria d'exaltar tot allò que originalment havíem volgut anul·lar. Però per poder-nos concentrar en aquests objectius, la sèrie a produir havia de ser necessàriament limitada, al contrari del que teníem estipulat amb la fundació. És per això que la major part dels òvuls que vostè va extreure encara estan a la nevera, i és per això que la senyoreta Parvati va anar a Califòrnia. Ella no ho veia gens clar, però sempre ha tingut molta paciència amb mi i va defensar la meva posició davant la fundació.

»Quan vam produir aquesta sèrie, doncs, tant ella com jo ja esperàvem que passés alguna cosa. En veure que sortien de la incubadora grapejant i que dotze hores després ja eren capaços de caminar a peu dret, vam tenir clar que encara arribarien més lluny que el primer Braddie. La constatació definitiva s'esdevingué el famós dia de «piscina, piscina!». Indubtablement, les seves capacitats estaven molt per damunt del que al principi havíem esperat. Això, dit amb unes altres paraules, significava que eren força millors del que en realitat necessitàvem. Però ja li he comentat que m'estava deixant portar... per primer cop en molts anys! A més a més, una pensada rocambolesca i aleshores encara imprecisa estava prenent forma en el meu cervell... En aquells moments, per tant, ens trobàvem del tot allunyats de les intencions inicials. Però... quines eren, aquestes intencions?

M'estava quedant sense forces. Vaig haver-me d'aturar de nou i repenjar-me en un arbre. El monòleg del doctor ja no m'arribava tan nítidament: entre una cosa i una altra ens havíem allunyat més, i ara no estava segur d'entendre correctament el que m'estava dient:

–Mascotes humanes, aquesta era la idea! Petits i entranyables ninots de carn amb el mateix aspecte que l'amo. Mentre les grans corporacions biotecnològiques s'entestaven a concentrar els seus interessos en l'imminent mercat d'òrgans de recanvi, jo vaig apostar per donar un enfocament radicalment nou a les aplicacions del clonatge. Clonatge reproductiu, sí, i a més a més, modificació genètica!

»La fundació hi estava –i hi està– entusiasmada. I fet i fet, són prou pacients a l'hora d'esperar resultats... En el fons, suposo que ja els va bé que vagin passant els anys: així s'asseguren que els xinesos i els indis tinguin temps d'atènyer el desenvolupament econòmic suficient per convertir-se en clients directes del producte. S'imagina un mercat de tres mil milions de persones? No ho dic perquè sí: els asiàtics són molt receptius a aquesta mena de joguines... És clar que Amèrica i Europa també prometen força! I si mentrestant la nostra feina genera caramelets tan llaminers com els UDH, ja es deu imaginar que satisfets que tenim en Rajendra i companyia.

El doctor es girà per fi i em veié. Retrocedí i s'encaminà cap on em trobava, avançant jungla a través amb algunes dificultats. A mesura que s'acostava, vaig notar que m'observava preocupat. Jo el veia arribar, però m'era impossible reaccionar de cap manera física. En realitat, per assegurar-me que l'havia entès bé, intentava repetir-me les últimes frases que m'havia dit, movent els llavis en silenci. Me'n vaig adonar perquè se m'havia acumulat un toll de saliva sota la llengua. Em sobreeixia i em regalimava barbeta avall.

–Què li passa? No es troba bé?

–Estic marejat...

–Deu ser la xafogor. Vinga, recolzi's en mi.

M'agafà d'un braç i me'l féu passar per la seva espatlla. Vam començar a caminar de nou, per la meva sendera.

–Miri, vaig pensar molt de debò que aquestes criatures, en la seva variant complexa, podien ser d'alguna utilitat per a les persones. Continuo pensant igual. Però hi ha un inconvenient que aleshores no vaig tenir en compte i que ara, en vista dels esdeveniments que hem viscut, no puc passar per alt. Seria un irresponsable si ho fes, no troba?

Vaig fer un gest vague amb la mà. M'hauria costat massa parlar.

–L'inconvenient no està en els ajudants, sinó en els individus font. Vaig sobrevalorar les persones en pensar que podíem extreure alguna ensenyança d'aquestes criatures. Què n'havíem d'extreure? Estava descurant un fet essencial: el més normal és que les persones siguem roïnes, neuròtiques i orgulloses, que ens aferrem a dependències emocionals i a frustracions inventades, que maleïm els èxits dels amics i ens delectem amb les seves desgràcies, que ens deixem seduir per l'enveja i les comparacions... Ningú en aquest món no està lliure d'algun d'aquests pecats. Fins i tot vostè, malgrat un posat tan mesurat, deu ser pres de més d'una torbació... De manera que, per una cosa o una altra, és pràcticament segur que mai no podrem acceptar l'existència d'un mirall de carn que ens recordi les misèries o les mancances... I aquest és el veritable inconvenient que tenen els ajudants.

L'únic que desitjava era que callés.

–En aquest sentit, el nom i la idea dels «ajudants», que van prendre la forma definitiva poc abans de la mort d'en Murrie, han resultat ser un fracàs, cal reconèixer-ho.

En aquells moments, les capçades dels arbres ja feien voltes i més voltes per sobre el meu cap, i el terra oscil·lava exageradament sota els meus peus, ara cap a la dreta, ara cap a l'esquerra. Era com si alternés les meves passes en els platerets d'una balança antiga i atrotinada.

–Ja ho veu, doncs. Ara que el coneix, potser el veritable motor del projecte li sembli més aviat pedestre... I tampoc no vull negar-li que els diners que podia guanyar han estat un estímul més que considerable per a mi a l'hora de tirar endavant aquest assumpte. Però m'agradaria que em cregués si li dic una cosa: segons els meus principis, un ajudant imbècil és tan transcendent com un d'intel·ligent; en última instància, la veneració devers la totipotència està per damunt dels condicionaments del mercat, i només s'assoleix d'una manera: creant! Però, és clar, vivim en un món material, i bé ens hem de procurar la subsistència...

El doctor avançava atropelladament per culpa meva. Crec que a mi em penjava el cap. S'aturà un moment per agafar-me millor. Al lluny, vaig veure en Kumar, a la gatzoneta. Devia pixar a l'estil indi, per no tacar-se el *dhoti*.

–Bé, és clar que vaig equivocar-me. Em vaig deixar enlluernar per la idea d'un món millor! Ho hauria hagut de tallar d'entrada. Però encara no és tard per redreçar-ho... He dissenyat un procediment elèctric per subvertir certes característiques dels ajudants i reduir-los a una condició pròxima als ninots, la qual cosa els aproparia a les intencions originals del projecte. És clar que primer hauríem de trobar-los, perquè si no...

En aquell moment vaig perdre del tot el fil de les explicacions. Vaig notar com l'estómac se m'enfilava pel coll fins a sortir-me per la boca a borbollons. Un gust inconfusible de *masala dosai* se m'introduí nas amunt des del paladar i m'amarà el cervell, els ulls i els timpans. A la llunyania sentia uns estranys esgarips. De tant que es repetien, però vaig acabar per entendre'ls:

–Senyor Kumar! Senyor Kumar! Vingui, ajudi'm!

XXXV

Vaig despertar-me estirat al llit del meu bungalou. La Parvati m'apartava els cabells del front. Em notava la boca pastosa i l'alè carregat.

–Com estàs?

–... No ho sé. Què ha passat?

–Et vas indisposar mentre éreu a la jungla. El doctor diu que devies haver menjat alguna cosa en mal estat, perquè no vas parar de treure mig inconscient i tot. Ell i en Kumar et van portar a pes fins aquí. Fa quinze hores que dorms.

Mai no n'havia tingut el rostre tan a prop.

–Vols aigua?

–Si us plau.

M'ajudà a reincorporar-me un xic. En fer-ho, vaig sentir com el ventre, buit i rebregat, ballava flàccid dins la panxa. El cap em caigué enrere i ella me'l subjectà mentre bevia.

L'aigua em lliscà coll avall com una riuada de tardor.

–Gràcies.

–De res.

–Han aparegut?

La Parvati sacsejà el cap:

–Ni rastre.

–El doctor...! –vaig exclamar de sobte.

–Què?

El record confús de les seves paraules m'acabava de venir a la memòria:

–Va dir no sé què d'un procés elèctric... –a pesar dels rodaments de cap, vaig reincorporar-me del tot–. Per aplicar-lo als ajudants i... anul·lar-los?

La Parvati somrigué:

–M'ho ha explicat fa una estona. És el que m'insinuà al despatx, just abans que partíssiu a fer la batuda. El nostre doctor Braddock no para de tenir pensades: és una ment summament inquieta... Potser per això aquest projecte no ha tingut mai un nom concret.

–Em va dir que els ajudants no havien de ser tan... tan perfectes.

–Això mateix. D'entrada només havien de ser ninots. Però, és clar... On has vist mai un ninot que jugui, tingui relacions socials i aprengui coses sense parar?

–S'assemblen massa a nosaltres...

–Sí, és com si ens miréssim en un mirall. I això és el que ens ha fet perdre el nord a tots, i m'hi incloc. Fet i fet, l'assumpte només ens ha portat maldecaps. Mira, en cert moment vaig fer veure a la fundació que havien de tenir en consideració el gran talent del doctor Braddock i donar-li llibertat d'acció, encara que això ens allunyés del pla inicial. Però és evident que a hores d'ara el marge que vaig aconseguir ja s'ha exhaurit. La fundació ho sap, jo ho sé, i el doctor... també, encara que fins ara s'hi hagi resistit.

»Amb això no vull dir que els arguments del doctor per trobar els ajudants hagin estat exclusivament emocionals. És evident que també té d'altres raons... La principal és que disposem d'un procés de manipulació genètica, transferència nuclear i ectogènesi força depurat: els ajudants en són la prova. El problema és que no necessitem uns éssers tan acabats. Hi ha dues opcions per resoldre aquest problema. Heus aquí la primera: ja que tenim quatre individus en perfecte estat de salut i ben desenvolupats, per què no els agafem i esbrinem com inhibir-los certs atributs? Amb aquesta opció, el procediment per produir ninots s'ultimaria a posteriori, aprofitant que l'actual procés de concepció i gestació ofereix unes garanties provades...

–Però... Això voldria dir atemptar contra la integritat d'en Markie, la Parvie, en Braddie i la Kavie! I aniria en contra del ban de protecció!

–No et preocupis. Com que no els heu trobat, aquesta opció no és factible...

–Quin descans!

–No ho és amb ells, però ho pot ser amb uns de nous. D'aquesta manera, la línia que planteja el doctor continua tenint raó de ser. Tot i així, jo defenso una segona opció: es tractaria d'estipular els atributs dels ajudants de bon principi, fent les modificacions genètiques escaients abans de transferir el nucli somàtic. Així generaríem d'entrada un producte menys autònom, però també menys conflictiu. I crec que aquest és un procediment realment més difícil, però, atesa l'experiència que hem viscut, convindràs amb mi que resultarà menys problemàtic. Perquè, al capdavall, ¿qui pot romandre insensible als encants d'una miniatura teva que repeteix tot el que dius i pregunta amb tanta avidesa com tu ho feies de petit? Ningú deixaria que els l'inutilitzéssim. I en qualsevol cas, ens cal un ésser més innocu i més neutre: no podem arriscar-nos que comportaments com els d'en Murray o en Mamadou es repeteixin a escala planetària. De ben segur que la comercialització del producte se'n ressentiria.

–Però.. Parvati!

–Digues-me, Marc.

–Que això és...

Com que no sabia com continuar, la Parvati prosseguí:

–Haurem de tramitar-te el visat de treball perquè et puguis quedar aquí. Sense en Murray, en Katsumi o en Mamadou, t'hauràs d'encarregar de les noves gestacions i una gran part de la responsabilitat sobre el procés recaurà en tu. Però no et preocupis! El doctor i jo et farem costat!

–O sigui que esteu determinats a crear més criatures!

–Doncs sí. És clar que aquesta vegada podríem prescindir de Murries, Mamies, Katsies o Kavies. I pel que fa a Parvies, Bradies i Markies, en farem sèries i més sèries fins que el procés estigui del tot depurat i puguem comercialitzar-lo. És clar que en cap cas no seran tan espontanis com aquests pobrets que s'han extraviat. Sortosament –afegí, aleshores, aixecant-se del llit–, comptem amb la gran quantitat d'òvuls que vas anar extraient abans de començar a treballar al búnquer.... Què et sembla?

En aquell moment van trucar a la porta. Era el doctor Braddock, que entrà tot seguit:

–Com està el nostre home?

–S'ha despertat tot just fa un moment.

–Convé que aprofiti per descansar, ara que pot. Quan ens hi posem de nou, no hi haurà temps per estar ociosos. Lamentablement, els nostres amics no han aparegut, o sigui que cal girar full. Ja ens hi hem entretingut prou, amb aquests.

–Ara mateix li ho comentava...

El doctor i la Parvati m'esguardaven afables i somrients, però jo no tenia cap ganes de somriure. Més aviat em costava mirar-los.

–No hi haurà més Markies –vaig dir llavors.

–Com diu, senyor Soler?

Vaig trigar uns instants a mirar-lo:

–Dic que no hi haurà més Markies –vaig fer finalment–. No vull que em torneu a clonar.

–No pot negar-s'hi, senyor Soler. Vostè té un compromís amb la fundació: li sembla gaire professional, prescindir-ne així com així?

–Marc –digué la Parvati–, però què et passa, ara?

–No tinc ganes de tenir més clons, això és tot.

–Però per què? –preguntà la Parvati–. Què és el que et preocupa?

–Jo... No ho sé, no m'agrada tot això!

El doctor aixecà les celles i les espatlles, convidantme que m'expliqués. M'hauria agradat tenir una estona d'intimitat per ordenar les idees. Havia parlat amb el fetge, sense pensar, i ara no sabia ben bé què era el que volia dir, perquè tampoc no sabia ben bé què era el que sentia.

–Hi ha un tros de carn meva que... –vaig vacil·lar– que volta per la jungla sense saber ni qui és! I vostè encara vol que m'alegri amb la perspectiva de tenir-ne un altre?

–No em vingui ara amb els seus escrúpols monozigòtics!

–Ho dic de veres! No em sembla correcte omplir el món d'éssers confosos i desorientats!

–Ha, ha, ha, ha! –rigué el doctor Braddock.

La reacció m'estranyà:

–Què passa?

–Que què passa? Per què creu que la Marshall Foundation el va triar? Pels seus valors ètics? Doncs sí!

–Però... què diu, ara?

–Dic que vostè és aquí perquè no els ha tingut mai, aquests valors. I sap com ho sé, això? Gràcies a en Ferran Gómez.

–En Ferran Gómez?

El doctor féu un parell de passes i aixecà el to de veu:

–Sí senyor, en Ferran Gómez, el seu professor! És una baula més de la cadena d'observadors en nòmina que la fundació té escampats per universitats d'arreu del món! I què creu que tenen encomanat de buscar, tots aquests observadors, senyor Soler?

–....

–Alumnes brillants en els estudis però indefinits a la vida! Llicenciats sense compromisos ideològics, sense participació en cap empresa, sense interessos particulars fora del seu camp! Persones com vostè, en definitiva! No va adonar-se mai, que tenia molts punts en comú, amb en Murray i en Katsumi? Tots eren prescindibles en els seus llocs d'origen! Tots provenien d'entorns insignificants! No els volia ningú, no els reclamava ningú, de vostès no n'esperava res ningú perquè no s'havien implicat mai abans enlloc!

–Doctor, calmi's... No cal ser tan concloent –féu la Parvati.

–Que em calmi? Sap què va fer, aquest espavilat? Se les va apanyar per enviar una carta al seu professor!

–Marc! Vas violar el protocol! Però... com?

–Vés a saber... –continuà el doctor–. Potser amb l'ajuda de l'Abbas! La qüestió és que el mateix senyor Gómez ens ho notificà per correu electrònic. Molt amablement, el senyor Gómez ens explicava, en anglès, que el seu observat començava a qüestionar-se certs aspectes del projecte i que caldria vigilar de prop la seva evolució.

Vaig sobresaltar-me:

–Així doncs, tot això és una... mascarada!

–Vostè sí que és una bona mascarada! Li donem l'oportunitat de ser una peça important en el projecte i encara té l'esma de dubtar-ne! Ahir em vaig sincerar amb vostè perquè em semblà que encaixava amb nosaltres, perquè vaig creure que mereixia alguna consideració. Que cec que he estat! Havia tingut l'esperança que aquella carta fos només el resultat d'una flaquesa momentània. Però ara, després d'aquesta escena tan... lamentable!, és clar que anava errat. Perquè no era la flaquesa d'un dia allò que el portà a escriure la carta: era la flaquesa de tota una vida! Vostè no arribarà mai enlloc, senyor Soler. I sap per què? Perquè prefereix l'existència de les rates a la de les persones. Prefereix diluir-se en l'anonimat d'una massa engabiada que despuntar per mèrits propis. No m'estranya que pogués passar-se tantes hores a l'estabulari sense dir ni piu! M'ha decebut, senyor Soler. I no sap com. Però almenys tinc un consol: els seus escrúpols em fan morir de riure. Ha, ha, ha!

El doctor es reprimí d'etzibar un cop contra la paret que hauria hagut de subratllar la seva opinió, i amb un parell de passes es plantà davant la porta:

–Tant de bo l'hagués deixat vomitant al bosc. Anem, senyoreta Parvati.

Ella l'obeí tot seguit, però abans de marxar, em mirà sacsejant el cap a banda i banda. Un cop van haver sortit, els xiulets del silenci m'adoloriren les orelles. Vaig romandre una bona estona al llit, incapaç d'aixecar-me. Al final, després d'un notable esforç, vaig aconseguir-ho. Vaig anar al lavabo i vaig entrar a la dutxa. I allà, amb el cap recolzat contra la paret, vaig pregar perquè el doll d'aigua se m'endugués desguàs avall i m'allunyés definitivament de la ciència, del centre, de la jungla i de la meva passivitat extenuant.

XXXVI

Durant la resta del dia no vaig sortir del bungalou. No m'hi veia amb cor. Em disgustava la idea de trobar-me el doctor Braddock o la Parvati cara a cara. Les paraules del doctor encara em coïen. Malgrat saber que m'havien utilitzat, no em sentia amb autoritat per recriminar-los res. Al capdavall, jo no havia fet cap cosa per evitar-ho: més aviat els ho havia posat fàcil, sempre callat i sempre disposat a deixar-me portar per la inèrcia dels esdeveniments.

Vaig recordar com s'exasperava la Marta. No entenia de què li parlava, quan li deia que no em sentia part de res. Però la veritat és que jo tampoc no sabia gaire bé el que em deia. La prova és que sense adonar-me'n, i ni tan sols per iniciativa pròpia –fou en Gómez qui m'entabanà–, vaig anar a raure en aquell lloc estrany, per treballar en aquell projecte estrany i en companyia de tot aquell personal estrany. I un cop allà havia actuat com sempre, com si continués a Barcelona, com si continués amb la Marta... Com si crear tots aquells ésers estranys fos una feina com qualsevol altra. Jo mateix em resultava carregós.

Vaig estar a punt de posar-me a plorar. Si no ho vaig fer va ser perquè em vaig entretenir a pensar que tenia el que em mereixia, i que feia molts anys que m'ho estava guanyant a pols. Però al mateix temps, encara tenia esma de buscar altres culpables, i l'ànsia de plorar es barallava amb els retrets que volia dispensar a en Braddock, a la Parvati, a la maleïda Marshall Foundation i al cínic d'en Ferran Gómez.

Del llit estant, vaig mirar cap a la finestra. La jungla s'enfosquia ràpidament i la negror aviat ho engoliria tot. La penombra, incerta i amenaçadora, tant podia ser l'aixopluc dels ajudants com la seva tomba. Vaig caure en una fabulació absurda:

–Marc!

A l'ampit de la finestra, en Markie, amb la camisa estripada i alçat a espatlles d'en Braddie, sacsejava els braços per damunt del cap, per fer-se veure. Al costat hi tenien la Kavie i la Parvie, que m'escrutaven amb uns ulls molt oberts. Darrere d'ells, la jungla començava a enfosquir-se.

–Markie! –cridava jo, i després afegia, més baixet: –què hi feu aquí? És perillós! Si us troben, us faran mal!

–Ja ho sabem. En Kumar ens ho va explicar ahir.

–En Kumar?

–Ens vam veure al bosc, mentre ens buscàveu.

–Quan?

–Pel que sembla, en uns moments que tu no et trobaves bé. Et trobes bé, ara?

–Sí, sí, molt bé... Però explica'm això d'en Kumar!

–Doncs que en Kumar ens trobà, i just aleshores s'acostà un dit a la boca i parà una mà al costat de l'orella. El doctor t'explicava una cosa que nosaltres no vam acabar d'entendre, però que en Kumar ens resumí prou clarament entre xiuxiueigs. La Parvati i el doctor ens volen tallar els braços i les cames!

–Ehem... sí, més o menys. I creu-me, si us troben, no s'hi pensaran gens! Cal que us allunyeu d'aquí.

–És el que farem. Érem molt feliços vivint amb vosaltres, però ens hem adonat que sou massa perillosos per tenir-vos a prop. I per això he vingut, Marc. Per acomiadar-me de tu.

–Acomiadar-te?

Se'm posava la pell de gallina. Què era allò que em volia dir adéu? Un fill, un germà, un animal de companyia? Què se suposa que s'ha de sentir envers un ésser així?

–També he vingut per una altra cosa –afegí en Markie–. He de fer-te una pregunta, en nom de tots.

Els altres ajudants deixaven anar uns mormoleigs d'aprovació.

–Què ens espera, Marc?

–Com?

–A la vida, vull dir.

–A la vida...?

–No em refereixo a les bestioles gegants del bosc (d'això ja ens n'ha parlat en Kumar), ni tampoc a la gana o a la set que ja fa hores que patim. Em refereixo... al futur. Anirem mai a cap altre centre, com en Murrie?

–Doncs...

No sabia què respondre-li. No només ignorava per complet com evolucionarien els seus organismes inèdits enfront de l'indefugible procés d'envelliment que els afectaria, sinó que, lamentablement, tampoc no podia oferir-los res que els amortís l'embat de les incerteses que tenien davant.

–Què ens espera, Marc? –repetia en Markie davant del meu silenci.

Potser si sabés què m'esperava a mi podria contestar. O, si més no, inventar-me alguna resposta d'acord amb el que creia que m'esperava. Però no en tenia ni idea, de manera que l'únic que podia dir-los era:

–No ho sé, Markie.

En Markie acotava el cap, picava l'espatlla d'en Braddie i descendia. Els quatre ajudants quedaven disposats costat per costat, retallats contra aquella jungla que s'enfosquia progressivament.

–Adéu, Marc. M'agradava molt estar amb tu.

–A mi també, Markie. Adéu.

Tots quatre alhora aixecaven la mà i... fabulació absurda: la jungla ja era del tot fosca, i a l'ampit de la finestra no hi havia ningú.

XXXVII

L'Abbas s'estranyà en veure'm palplantat enmig de la rotonda, amb les bosses i la maleta a punt. Acabava d'acomiadar-me d'en Kumar i la Kavita i encara pensava en ells. La Kavita m'havia donat la càmera, el mòbil i una carpeta amb els meus papers (el contracte i el passaport) i ho aprofità per dir-me que no volia tenir res més a veure amb aquell lloc. Se sentia com una blasfema:

–Vaig pretendre una nena que mai no hauria d'haver existit... –m'explicà entre discrets sanglots–. Al final l'he acabada perdent i ara em tocarà plànyer-la per sempre més.

En Kumar, sense aixecar els ulls de terra, esperà que la Kavita acabés de parlar per explicar-me que havia treballat tot aquell temps allà a causa del sou, que era bo i impensable d'aconseguir en cap altre lloc de l'Índia. Però el dolor de la Kavita li havia fet entendre que allò no era correcte, i ara estava disposat a prescindir dels beneficis materials per buscar els beneficis de l'esperit. Ambdós estaven decidits a emprendre una peregrinació cap a Tirumalai[21], amb l'esperança de purgar les culpes que els mortificaven i recuperar l'observança dels preceptes de la seva religió. Jo no era religiós, però no puc negar que, després, a la rotonda, intentava cercar dins meu on era aquella Tirumalai que necessitava tant.

Però no la vaig trobar.

I l'Abbas se'm mirava des del *rickshaw* entre encuriosit i expectant, esperant amb un somriure de compromís la meva reacció a la seva presència.

–Hola, Abbas. Me'n vaig d'aquí. M'han despatxat...

–Oh, vaja... Tu has fet la recomanació?

–No. Però ara res no pot impedir que escrigui correus electrònics. Porta'm a algun lloc amb Internet i ho arreglarem.

La solució el va satisfer:

–D'acord!

L'Abbas engegà el motor ràpidament. Vaig pujar al tricicle i vam iniciar el descens cap a Kumily. No em vaig girar ni una sola vegada: els meus ulls no s'apartaven del clatell bru i ben esquilat de l'Abbas. Tant el centre com la jungla em resultaven visions massa intenses.

En arribar a Kumily, l'Abbas em portà a un petit cibercentre. Vaig buscar la pàgina de la Lonely Planet i vaig redactar un llarg elogi a partir de les pautes que ell mateix em dictà amb entusiasme. En acabar, m'atansà un

21. Tirumalai: localitat de l'estat d'Andhra Pradesh, seu d'un temple –dedicat a Sri Venkatesvara, una de les formes del déu Visnu– molt important per als fidels hindús.

paper rebregat. Era l'original de la carta a en Ferran Gómez. L'anava a estripar, però vaig guardar-me-la. L'enganxaria al diari, amb la resta de testimoniatges d'aquell episodi tan poc inspirador. Fet i fet, calia aprofitar que no me l'havien confiscat: podien haver-ho fet emparant-se en el protocol, però alguna sort de negligència –atribuïble a la Parvati, que era qui n'estava al corrent– ho havia impedit. O potser era que m'havien acabat per considerar veritablement inofensiu, i en cap cas no temien les opinions que, en paper o en paraula, pogués tenir jo sobre ells i el seu centre experimental.

L'Abbas s'entestà a portar-me a la parada d'autobús i ajudar-me a cercar el que anava a Madurai. La fundació s'havia desentès del tot de mi i ara em calia trobar un bitllet de retorn a Barcelona pel meu compte. Madurai era la ciutat més propera amb aeroport. I si allà no trobava passatge, sempre podia prendre el tren cap a Chennai, la ciutat més important del sud. En tot cas, hauria de passar alguns dies a Madurai abans que ho pogués arranjar tot.

L'Abbas estava content. Vam comprar uns refrescos i vam seure en una ombra. M'indicà amb un gest vague un racó on romancejaven tres o quatre autobusos: «Algun d'aquells segur que baixa», digué.

Malgrat la seva bonhomia, em fou impossible correspondre'l. Ni estava d'humor ni tenia ganes de parlar. Per sort, no s'ho va prendre malament. Suposo que els occidentals ja li devíem semblar força singulars així d'entrada. Un cop va haver saludat una pila de gent notificant-los la satisfacció que jo sentia respecte dels serveis que m'havia prestat, s'alçà i m'oferí la mà:

–Moltes gràcies per la recomanació. Estic segur que el negoci se'n beneficiarà.

Em va encaixar sense força i amb un somriure d'orella a orella:

–I espero que quan tornis a Kumily em deixis muntar-te una excursió de debò, d'aquelles per passar un dia *très jolie* –i marxà.

Vaig quedar-me assegut al mateix lloc fins que l'ombra desaparegué. El sol s'estavellava amb força contra mi, però una mena d'indolència m'impedia de moure'm. La samarreta se m'enganxava al pit suat i notava com de la zona lumbar n'emergien grosses gotes que d'una en una dilataven els porus. El trescar de la gent amunt i avall em provocava una estranya sensació que no aconseguia identificar, cosa que m'invitava a seguir quiet mentre observava corsecat les distintes ocupacions dels qui eren presents.

El racó que m'havia assenyalat l'Abbas quedà progressivament buit: els autobusos van anar desfilant i l'estació romangué parcialment assossegada durant una hora. L'arribada de nous vehicles, però, sumí de nou l'estació en una activitat frenètica.

–Però què hi fas, aquí?

Era l'Abbas. Tornava a l'estació a veure si arribava algun turista a qui pogués oferir els seus serveis.

–Vols quedar-te a Kumily? Conec una casa particular on lloguen habitacions... Molt netes!

Com que no responia, se'm mirà estranyat:

–Què passa? No estàs bé?

–Sí...

L'Abbas m'observà durant uns instants més i després, subjectant-me el braç com per no perdre'm, se m'emportà de passeig per tota l'estació, com si anés a la recerca d'algú. I finalment així era, perquè s'aturà en una de les entrades del recinte i d'un xiulet féu venir un vehicle. Era un taxi *ambassador.*

L'Abbas parlà amb el xofer i la discussió s'acabà amb sengles oscil·lacions de cap:

–Aquest home és un bon amic. Ell et pot portar a Madurai, si vols. En bus trigaràs quatre hores, amb ell dues, dues i mitja. Et farà un bon preu, és de confiança.

Vaig mirar-me l'Abbas amb sorpresa. Certament, agafar un autobús em venia molt a contrapèl, en aquells moments. El xofer va acceptar el meu astorament com una conformitat tàcita i baixà del cotxe per ocupar-se del meu equipatge, que carregà al maleter.

–A reveure, Abbas –vaig dir-li llavors amb gran sinceritat–. Crec que realment et mereixies la recomanació...

–I és clar –digué ell–. Què et pensaves, sinó?

XXXVIII

A Madurai vaig hostatjar-me a l'hotel Prem Nivas, el mateix on havia passat la meva primera nit a l'Índia. Un cop a l'habitació vaig pensar amb desgana en les gestions que havia de fer: anar al banc per aconseguir diners en efectiu, buscar alguna agència de viatges per comprar un bitllet de tornada a Barcelona i trucar a casa per anunciar-los la fi de la meva estada. «A casa» no volia dir a la Marta –una possibilitat impensable en aquells moments–, sinó als pares. N'estarien contents, perquè hi arribaria per passar les festes nadalenques. Però també aquesta perspectiva m'incomodava. No estava segur de com i què havia d'explicar, ni tampoc em sentia amb prou forces per fer-ho.

Mentre em decidia si sortir o no de l'habitació, vaig obrir la carpeta de la Kavita. Em sorprengué descobrir que el meu contracte estava tal com l'havia deixat jo. Hi havia la meva signatura, sí, però res més. Cap segell oficial, cap data... Ni una indicació que el govern de l'Índia l'hagués rebut mai per tramitar-lo. Vaig buscar dins la carpeta per si hi havia quedat cap paper més. Només vaig trobar-hi el passaport. Mentre encara rumiava en aquell contracte incomplet, vaig obrir-lo distretament... i vaig veure que l'únic visat que contenia era el de turista. I feia tres setmanes que estava caducat.

Vaig recordar que la Parvati havia dit quelcom de tramitar-me el visat de treball quan m'oferí de substituir en Murray, en Katsumi i en Mamadou. En aquell moment no li havia donat importància, però ara m'adonava que m'havien tingut treballant il·legalment fins llavors, i que només quan la situació al centre era desesperada a causa de la manca de personal o bé quan ja pensaven que m'havien atret definitivament a la causa, s'havien decidit a formalitzar la meva situació. I tot això, amb quin objecte?

Potser la Parvati no havia estat tan negligent com vaig suposar en conservar el diari. Potser en tot moment havia sabut molt bé què tenia controlat i què no. Perquè el cas és que la invalidesa d'aquell contracte inútil, juntament amb el visat caducat eren motius suficients per posar en dubte la meva estada al centre durant aquells mesos.

Aquests interrogants em van espavilar una mica: vaig animar-me a sortir per anar al banc. L'Índia quotidiana brunzia estrepitosa mentre en buscava un, però el cert és que les especulacions sobre tota aquella paperassa m'aïllaven força del desori que m'envoltava.

A l'oficina bancària vaig estar una bona estona esperant el meu torn. Quan finalment em tocà, l'home de la finestreta féu algunes comprovacions i em digué molt educadament:

–Ho sento molt, senyor. El Marshall Bank ha cancel·lat aquest compte. No hi ha manera de tenir-hi accés. Disposa d'algun altre compte d'on vulgui treure diners?

De manera que les respostes anaven per aquí. A banda d'exposar-me a diverses irregularitats legals, la fundació també havia condicionat la meva llibertat de moviments. No tenia diners, no tenia el passaport en regla... En un país que no és el teu, vaig pensar, això deu significar ser poc menys que ningú. Naturalment, disposava d'un altre compte, el que tenia a Barcelona abans de treballar al centre. Però era un compte amb molt pocs fons, insuficients en qualsevol cas per comprar un bitllet cap a Europa. I a la butxaca només em quedaven les rupies que havia canviat tot just arribar a l'Índia –i que pràcticament encara no havia hagut d'usar. Vaig sortir sense haver respost l'empleat.

Un cop a fora del banc, vaig asseure'm una estona als peus d'un gran arbre. Un captaire se m'acostà i em parà la mà. Vaig donar-li unes monedes distretament; estava intentant ordenar les meves idees. En menys d'un minut aparegueren d'altres captaires que s'afanyaren a encerclar-me. Abans que ho aconseguissin, vaig aixecar-me i vaig marxar carrer enllà.

No estava especialment afamat, però en passar per un quiosc de menjar vaig comprar un parell de *samoses*[22]. Me les vaig menjar sense adonar-me'n, com si el mateix acte de mastegar m'hipnotitzés. El meu cap era incapaç de concretar res. Els pensaments s'esvaïen abans que acabés de formular-los i l'exterior es difuminava al meu voltant.

22. Samosa: empanada típica de l'Índia, farcida generalment de patata i pèsols condimentats amb espècies.

Només vaig reaccionar per posar-me a caminar. No seguia cap direcció concreta. Vaig passejar fins ben entrada la tarda, com si veritablement no tingués res a fer. Al meu pas, deixava enrere locutoris i cibercentres. M'hauria estat molt fàcil comunicar-me amb Barcelona, però no ho vaig fer.

El meu periple va esdevenir involuntàriament cíclic. Quan vaig adonar-me que els carrers i les cantonades començaven a repetir-se, vaig pensar d'aturar-me sense gens de convicció. Voltava, com un satèl·lit sense voluntat, pels carrers del centre de la ciutat, orbitant entorn del famós i recarregat temple Minakshi; aquell que totes les guies exaltaven i que ni ara ni en l'anterior estada no tenia cap afany de visitar.

De fet, tant hauria pogut ser a Madurai com en qualsevol altre indret. Perquè res del que m'envoltava no m'afectava en cap grau remarcable. Ni els venedors ambulants ni els qui volien ensenyar-me el temple per unes poques rupies no aconseguien esbargir-me amb els seus crits. Havia deixat enrere el Jungle Research Centre, però tot el que havia viscut allà m'embolcallava com si fos una mosquitera gegant. Potser per això no em decidia a trucar a ningú ni a demanar ajuda: sabia que la mosquitera era prou gran per contenir no només la ciutat sencera, sinó també l'Índia, Europa i el món sencer.

Fins i tot la Parvati, que es negava a abandonar el meu cap, semblava saber el mateix que jo, i el boirós eco dels seus retrets m'acompanyava en el meu deambular vague i sense rumb:

–No t'ho perdonaré mai, Marc –m'havia dit poca estona després que m'anunciessin l'acomiadament–. Jo havia apostat fort per tu, però ara resulta que hauré d'entendre'm amb en Katsumi. El doctor Braddock li retalla les vacances: ni el suporta ni l'ha perdonat, però tant ell com jo necessitem algú que faci la feina que tu no has acceptat.

–Parvati, jo no puc continuar. No trobo sentit a aquest projecte...

–Però què dius? Quin sentit li has de trobar? Ets un científic, Marc! Has de preguntar, descobrir, innovar... sense parar! Tota la resta no té la més mínima importància!

–T'equivoques, Parvati. Sí que la té.

–No, Marc. T'equivoques tu. Ho sé perquè t'he estat observant durant tot aquest temps. En alguns moments he tingut dubtes, però a hores d'ara sé perfectament com ets. Deixes que les oportunitats passin davant teu sense prendre-les, sense aprofitar el moment... Si ho fessis, hauríem estat junts en més d'una ocasió, t'ho asseguro.

»Ets un noi llest i agradable, Marc. Però encara no t'has fet el càrrec que, un cop engegada, la vida ja no s'atura, i esperes que siguin les circumstàncies del futur les que et diguin com has d'actuar. Per què sempre esperes que tot passi en el futur? No veus que això és com estar aturat? Fins i tot la Parvie, en Markie i la resta d'ajudants ho van entendre millor que tu. I per això la seva existència va ser tan plena. A tu et costa entendre que la ciència és com la vida, que un cop comença ja no pot aturar-se. Si ho fes, ja no seria ciència, saps?

–Ah, no? I què seria, llavors?

–No sabria com anomenar-la. Però sí que sé com anomenaria una vida que no avança. I tu, Marc, que ho sabries?

Se me n'acudiren unes quantes maneres, però no vaig respondre-li. I no crec tampoc que ella volgués realment saber la meva opinió. Aquella va ser l'última vegada que vam parlar abans que jo marxés.

Després va venir el dia de la partida. A en Braddock ni el vaig veure. Al capdavall, era obvi: ni ell ni jo no teníem cap ganes de saludar-nos. Amb la Kavita i en Kumar, en canvi, va ser força emotiu. És curiós que durant mesos ens haguéssim ignorat gairebé del tot i al final s'establís aquella mena de sintonia entre nosaltres. Més tard, a Kumily, l'Abbas m'havia ficat en un taxi per treure'm de l'improductiu estat de suspensió en què em trobava, i, així, descendint des de les verdes i luxurioses muntanyes de Kerala cap a les planures sembrades d'arròs de Tamil Nadu[23], vaig arribar a la calorosa ciutat de Madurai, on vaig descobrir, a pesar de les paraules de la Parvati, que ja no esperava res ni tan sols de les circumstàncies del futur. Què importava si em trobava a l'Índia o a Barcelona? En qualsevol dels dos llocs m'hi sentia igual de perdut.

I hauria pogut continuar extraviat durant molt de temps si no fos perquè l'atzar o –més científicament– la probabilística, em donà un sacseig inesperat que m'esperonaria una vegada per totes. És clar que, en aquell moment, quan la flaire embriagadora i excessiva d'un porro de marihuana m'arribà als narius, no vaig ni imaginar-m'ho. Únicament em vaig sentir prou atordit per emergir del meu encaparrament i buscar amb la mirada l'origen d'aquella fumera perfumada que envaïa el carreró. I aleshores, a uns deu metres d'on em trobava, el vaig veure. Era un blanc i s'allunyava tentinejant. Tenia els cabells pèl-rojos, estava força gras i anava brut. Tan brut que semblava un captaire.

23. Tamil Nadu: estat del sud de l'Índia, fronterer amb Kerala.

XXXIX

Vaig seguir-lo sense que se n'adonés. Em resultava tan inaudit que fos ell que no tenia esma ni de cridar-lo. Al principi ens vam encreuar amb poca gent. Els carrers per on passàvem no estaven gaire transitats. Suposo que els triava a propòsit per fumar al seu aire. En un determinat moment, va parar uns instants per escurar àvidament el porro. Llavors el llençà a terra i mirà a banda i banda. No em va veure. Continuà caminant i jo vaig continuar seguint-lo, alleujat. Encara no sabia com abordar-lo.

A mesura que ens acostàvem al temple, els carrers s'anaren animant. Al cap de poca estona, ens vam trobar en ple brogit ciutadà. L'oferta comercial, la massa de fidels i pelegrins, i els esquitxos de turistes i pidolaires es concentraven als voltants del recinte sagrat. Entremig de la gentada, seguir-lo se'm féu difícil, però, per sort, el carrer menava directament a un *gopuram*[24] profusament decorat amb ninots d'estuc. Vaig suposar que es disposava a entrar al temple. Vaig accelerar el pas i m'hi vaig acostar atrafegat, temorenc de perdre'l. Vaig ser a temps de veure com creuava el llindar de l'entrada i desapareixia engolit dins d'aquell univers de ninots bigotuts i colors cridaners que feien pensar en una falla valenciana gegantina. Anava a fer el mateix quan un policia em posà l'índex al pit:

–Les sabates, senyor.

Vaig mirar-me els peus. Vaig mirar els de la gent que entrava. Tothom anava descalç. El policia m'assenyalà una caseta a pocs metres d'on érem:

–Deixi-les allà.

Per damunt la seva espatlla uniformada, més enllà de l'entrada enfosquida, s'entreveia de nou la llum del dia, com si hi hagués un pati interior o alguna cosa semblant. I allà dins hi era ell, a punt de confondre's entre la resta dels visitants.

Vaig córrer cap a la caseta: per cinc rupies t'hi guardaven les sabates. En tornar a l'entrada, el policia ja no em féu cap cas. Vaig travessar el *gopuram* i em vaig trobar que el pati era una espècie de carrer interior que semblava envoltar el temple. Les lloses de pedra del terra cremaven força després de tot un dia de sol tropical. Vaig afanyar-me a tornar sota el *gopuram* per poder-me dedicar a buscar el meu home sense por d'embutllofar-me les plantes dels peus. Els indis, és clar, no tenien tants miraments, i entraven i es passejaven sota el sol amb la mateixa desimboltura que jo ho

24. Gopuram: torre que acull una entrada al temple, pròpia de l'arquitectura del sud de l'Índia.

feia sota l'ombra. I això també devia valer per a aquell altre, perquè, entre deixar les sabates i el terra ardent, l'havia perdut de vista i ja no en quedava ni el més mínim rastre.

Vaig entrar al temple i vaig vagar-hi durant molta estona. Tanta, que va arribar un moment que no sabia si buscava algú o si m'havia perdut. Hi havia multitud de sales, de torres, de gent i d'escultures. En un racó vaig sentir cants de devoció, en un altre l'esbufec d'un elefant. Entre els massissos pilars de granit hi penjaven cartells de plàstic, il·luminats per fluorescents interiors. Se sentia un mormoleig constant i interminable de veus i de pregàries, i una mixtura de flaires de tota mena m'obnubilava l'enteniment: olor de cúrcuma i de ble socarrimat, de llessamí pansit i d'oli en combustió... I així fins a l'infinit, en una mescla salvatge i sense mesura que m'embafava els sentits i em feia oblidar com i per què havia arribat fins allí dins.

Estava a punt de recordar-ho. De cua d'ull em semblà veure, tot de sobte, una massa informe i diminuta situada a poca distància d'on em trobava. Vaig girar-me: era una petita escultura. N'hi havia d'altres al seu costat. Estaven recobertes per una pàtina llardosa d'ofrenes (espècies, llet, pètals de flors), que les deformava fins a desvirtuar-ne els contorns. Devien ser representacions d'alguna d'aquelles deïtats hindús, tan mutables i difícils d'identificar. En veure-les així a la vora em vaig sobresaltar. No pas pel que significaven (això, ni ho sabia aleshores ni ho sé ara), sinó per la seva mida. Feien uns vint centímetres, i tenien tot l'aspecte d'un fetus mal format. Ara ja recordava per què em trobava allà. M'hi havien portat els ajudants, i com a mi també hi havien portat en Murray, que era en algun indret d'aquell temple perquè jo l'havia vist entrar.

Vaig córrer cap a la llum. Em delia per una mica d'aire fresc. El primer indret airejat que vaig trobar era un gran pati interior. Una cisterna quadrangular n'ocupava quasi tota la superfície. Alguns creients hi feien els seus banys rituals. Per accedir-hi s'havia de descendir per les grades que l'envoltaven. Per aquí i per allà, asseguts en aquestes grades, reposaven alguns turistes i reflexionaven uns quants devots. Ell també hi era, una mica més avall d'on em trobava. Estava sol i, per l'expressió que tenia, també semblava pres d'alguna mena d'estat contemplatiu.

Vaig acostar-m'hi a poc a poc, i quan ens trobàvem més o menys a un metre, vaig seure al seu costat:

–Hola, Murray.

Trigà uns instants a reaccionar. Finalment, em dispensà una llambregada fugaç:

–Ei, torero...

I tot seguit continuà mirant l'aigua, com si jo no hi fos. Vaig observar-lo amb detall. Tenia els cabells embullats i polsegosos. Els ulls vidriosos i enrogits. La barba sense afaitar. Els llavis ressecs. El sol li havia donat un color violentament roig al rostre i als avantbraços. Vestia una camiseta i uns pantalons de color possiblement cru. Estaven tan bruts, però, que afirmar-ho fóra aventurar-se massa. S'hauria hagut de tallar les ungles de mans i peus: eren prou llargues per albergar ingents quantitats de ronya. Tot ell pudia a suor i a cervesa esbravada.

–Murray... Què hi fas aquí?

–És bonic, oi? Hi vinc cada tarda. Mira –em digué fent un cop de cap–, veus aquells dos indis d'allà? Fixa't com es renten...

Vam observar-los una estona, en silenci.

–Sovint imagino que em rento amb ells –l'australià parlava amb els ulls gairebé clucs i amb prou feines si desenganxava els llavis: –aixeco les mans en cassoleta per damunt del cap i deixo que l'aigua em caigui per la cara, el pit i el tors. M'estic així una bona estona: l'aigua de dins les mans no s'acaba mai. Regalima braços avall sense parar, com si entre els dits hi tingués la font d'un riu. El cos s'esbandeix. Una dutxa inesgotable el va aclarint, aclarint, aclarint...

Com si les seves mateixes paraules l'haguessin sedat, deixà de parlar. A la cisterna, els dos homes continuaven amb les seves ablucions. En Murray recolzà l'esquena a la grada i s'hi encaterinà de nou. No em vaig poder estar de repetir la meva pregunta:

–Però què hi fas aquí, Murray?

No respongué de seguida. De primer, s'eixugà amb insistència un ull plorós amb el dors de la mà –s'escampà tot de brutícia pel pòmul–, i finalment digué:

–No vaig poder arribar més lluny. Vaig afigurar-me a Melbourne i jo... no m'hi vaig saber veure. És graciós, oi? Sempre havia pensat que hi arribaria triomfador i podrit de diners. Que hi viuria una vida de cràpula major: tot el dia als restaurants, als pubs i a les discoteques. Ja em veia en un descapotable amb les dones fent cua per pujar-hi.

Això em satisfeia especialment... Em semblava que així em venjaria del desinterès de la Parvati!

–Però... tens problemes de diners? A tu també t'han cancel·lat el compte, oi?

En Murray intentà somriure, però tan sols aconseguí fer una ganyota esbiaixada.

–Saps? En realitat només vaig viure a Melbourne fins als tres anys. Els meus pares canviaven sovint de feina, i em van fer voltar per tot Austràlia. Però jo sempre havia imaginat que Melbourne seria casa meva...

A la cisterna ja no s'hi banyava ningú. A les grades encara hi quedava gent. Més poca, però. Nosaltres dos érem els únics en el nostre lateral.

–Ara sé que mai serà així.

Tot i que érem a punt d'entrar al capvespre i l'ambient ja no era tan calorós, jo suava. No em trobava gaire bé. Vaig pensar que potser les *samoses* podien estar en mal estat, com la *dosai* de la Kavita. En realitat, però, el malestar que sentia era molt distint del que havia patit a la jungla keralina. I jo n'era conscient, a despit que volgués atribuir les culpes al menjar indi. L'australià es tornà a fregar l'ull i digué:

–Em sap molt de greu haver mort en Murrie. Jo... no podia tenir cura d'algú com ell. És trist, però sóc massa egoista per a això.

–A hores d'ara potser els altres ajudants també són morts.

–Com?

–Van fugir a la jungla. Segurament no deuen haver sobreviscut.

La meva revelació ens deixà en silenci. Vaig adonar-me que en Murray s'havia tornat a abstreure en els vaivens de l'aigua amb una facilitat desconcertant. Això em féu pensar en l'Abbas, i llavors em semblà comprendre què hauria sentit en trobar-me badant a l'estació d'autobusos. I seguidament, en recordar com, tan sols uns instants abans, havia seguit el rastre de marihuana que deixava en Murray, la memòria em traí, i en el lloc de l'australià hi vaig posar en Marc, i en el d'en Marc, l'australià, i a la fi només hi havia un Marc davant i l'altre darrere; un perseguidor i un perseguit, però només un sol personatge.

–Murray –vaig preguntar, inspirat per aquell record contaminat de por–, què vas fer quan vas arribar a Madurai?

En Murray sacsejà lleugerament el cap, com si volgués eixorivir-se.

–Vaig anar al banc i vaig descobrir que no podia cobrar ni un cèntim de tot el treball d'aquests anys. Vaig treure diners d'un altre compte que tenia. Tots els diners que hi havia. Després vaig buscar una habitació i em vaig aprovisionar de cervesa i marihuana. En vols, de marihuana?

–Però... realment no tens intenció de moure't?

–No.

Em vaig alçar treballosament i vaig fer unes quantes passes vacil·lants. El cor em bategava apressat. Dessota nostre tornàvem a tenir uns quants homes disposats a rentar-se. En veure'ls, en Murray es reincorporà, interessant-s'hi tot d'una. Anguniejat, vaig fixar-me com els observava. Quantes tardes devia portar, fent el mateix? Les cames em van flaquejar i per poc si no perdo l'equilibri.

Aquell vertigen creixia sense fre dins meu, i en l'auge de la seva potència m'enfrontà a una disjuntiva inexorable: o em desmaiava o m'espavilava.

De sobte, vaig abalançar-me damunt d'en Murray. Quan va apercebre el meu moviment, féu un bot d'espant, sense desplaçar-se de lloc. Vaig agafar-lo per un braç i vaig sacsejar-lo amb neguit:

–No ens podem quedar aquí, Murray! –vaig cridar–. Seria pitjor que una condemna!

En Murray, que tenia els ulls esbatanats de l'ensurt, es desempallegà de la meva aferrada:

–Deixa'm...

–És que no ho entens? Això és una tomba!

S'apartà de mi sense aixecar el cul de la grada. Els indis, amb disgust evident, ens miraven de la cisterna estant.

–M'és igual. Ja em va bé enterrar-me aquí.

Vaig perdre els estreps:

–Ets un imbècil, Murray! I jo també! Mentre estem aquí desvariant, en Braddock i la Parvati juguen amb els meus gens per fer més ajudants! I potser també amb els teus! Et satisfà gaire, això?

Perquè, per molt que digués la Parvati, res no els impedia de fer més Murries, Mamies, Katsies o Markies. De tots nosaltres en tenien reserves, i si necessitaven usar-les no es deturarien a sol·licitar-nos-en la conformitat. L'únic que els importava era l'èxit de l'empresa, i això transcendia la identitat genètica de les futures proves.

–Sembla que no et satisfà gaire el teu egoisme, però pel que veig, tampoc no penses fer res per canviar-lo! –vaig escopir-li–. Ves quina penitència, drogar-te fins a la prostració! Ho trobes gaire generós, això?

Als ulls vidriosos d'en Murray només hi veia desconcert i espant. Això em féu aturar l'envestida: «La batalla està perduda», vaig pensar amargament.

–També jo lamento enormement el meu paper, però almenys miraré d'esmenar la part que em toca. Me'n torno al centre. Adéu, Murray.

En aquell moment vaig sentir una forta pressió al braç. Algú me l'agafava. Vaig girar-me adolorit. Era el policia de l'entrada:

–Ja n'hi ha prou de crits i escàndol, senyor. Això és un recinte sagrat i mereix més respecte i consideració!

Vaig balbucejar:

–Jo... Ho sento molt, de debò.

–Sí, sí, és clar. I pensa que amb això és suficient? M'haurà d'acompanyar a comissaria, senyor.

XL

El calabós de la comissaria era una habitació lúgubre i petita que feia olor d'orins humans i d'alcohol. Comptant-me a mi, només érem tres ocupants: l'un dormia la mona i l'altre em mirava sense cap interès palpable. Em sorprengué que a les parets hi hagués els mateixos dibuixos vulgars que hi ha als espais públics del nostre país, i que els noms i les frases que hi havia gravats, a banda d'uns quants en anglès, fossin escrits en els recargolats alfabets del sud[25], tan distints del romànic. Tot plegat em semblà una estranya barreja entre el previsible i l'inesperat: un calabós de mala mort amb pinzellades exòtiques, talment com en un episodi qualsevol de *Star Trek*, en què els escenaris són mig terrícoles i mig fantàstics. Lamentablement, el protagonista d'aquell episodi era

25. Cadascuna de les quatre llengües dravídiques del sud de l'Índia s'escriu amb un alfabet propi.

jo, i de ben segur que la frivolitat de tals impressions hauria deixat pas al desesper més absolut si el comissari no m'hagués fet anar al seu despatx quan encara no feia ni una hora que era allà.

–Senyor Solà, haurà de pagar una multa per aldarulls públics. Consideri-ho una deferència envers la seva condició d'estranger. Normalment no tenim tants miraments, nosaltres.

–Em sap... greu, he perdut el nord.

–Què hi fa a l'Índia, senyor Solà? Turisme?

–He estat treballant en un laboratori... –vaig interrompre'm un moment, com si el maleït protocol de comunicació amb l'exterior encara tingués algun efecte sobre mi.

De sobte, vaig comprendre que no era així, sinó ben al contrari:

–... i vull fer una denúncia.

Però encara ho estava dient quan vaig recordar que el visat del passaport no era de treball, sinó de turisme, i que, a més a més, estava caducat. El cor se m'accelerà.

–Senyor Solà, no es busqui més problemes. La seva falta podria comportar-li una reprovació molt més severa de la que li he proposat. No sap la sort que ha tingut de trobar-me de servei. Els europeus em cauen simpàtics, sap? No ho espatlli.

El comissari m'observà fixament durant uns instants. Tot seguit, tragué el meu passaport de dins una caixa de cartró i el començà a examinar atentament. Ja era massa tard per desdir-se de res:

–Sé que em mereixo la multa i estic disposat a pagar-la tan bon punt em retornin els efectes personals. La denúncia que vull posar és contra el laboratori on treballava.

El comissari aixecà el cap:

–Com?

–Es tracta d'un centre finançat per una institució americana, la Marshall Foundation, que depèn del Marshall Bank. Es diu Jungle Research Centre i és a Kumily. S'hi fan experiments genètics il·legals.

–Experiments genètics il·legals? Però què diu?

–Transferència somàtica de gens humans, senyor comissari. És una pràctica que no es permet enlloc del món.

–M'està atabalant, senyor Solà. Vol dir que es troba bé?

–Per què no ho comprova? Suposo que la legislació internacional sobre clonació també deu ser vàlida a l'Índia.

El comissari picà amb el passaport damunt la taula:

–Senyor meu, l'Índia és la democràcia més gran del món! Les nostres institucions garanteixen l'estat de dret per a milions de persones!

–Aleshores, dono per descomptat que prendran part en l'assumpte, perquè aquest Jungle Research Centre és del tot il·legal.

El comissari es remogué nerviós rere la taula.

–I diu que vostè hi treballava... Té cap prova d'això? Un contracte, per exemple?

Vaig mentir a mitges:

–Em van acomiadar sense donar-me'l.

–Ha! –féu ell apuntant-me amb el passaport–. Vostè és un ressentit.

–Escolti, pensi el que vulgui. Només he cregut que era la meva obligació comunicar-los una infracció que s'està cometent al seu territori.

L'home recolzà l'esquena a la cadira, com si cerqués espai per pensar amb més tranquil·litat.

–Kumily pertany a un altre estat –digué llavors–. Jo només tinc autoritat a Tamil Nadu.

–Com vulgui. Puc fer la denúncia aquí, però?

–Deixi que primer parli amb les autoritats locals d'allà. I vostè mantingui's localitzable. A quin hotel s'allotja?

–Al Prem Nivas.

–Quan pensava marxar?

–Encara no he comprat el bitllet d'avió.

–D'acord, doncs. Torni a l'hotel i esperi notícies nostres.

El comissari m'allargà el passaport sense acabar d'examinar-lo i un sobre amb els diners que portava abans de la detenció: poc més de nou-centes rupies.

–Gràcies, senyor.

Ja estava enfilant el camí de la sortida quan el comissari em cridà l'atenció:

–Senyor Solà!

Vaig girar-me:

–Sí?

–La multa. No l'ha pagada.

–Ah... I quant és?

El comissari mirà al sostre un moment:

–Mmmm... quatre-centes rupies.

Vaig deixar els diners sobre la taula i me'n vaig acomiadar de nou:

–Adéu.

–Adéu, senyor Solà. I recordi que hem de saber on es troba en tot moment. Si el que diu és cert i vostè hi ha participat, és probable que la justícia vulgui demanar-li alguns detalls.

Després de sortir, vaig ser atrapat per en Murray a pocs metres de distància de la comissaria. Em devia haver estat esperant:

–Què t'han fet? –em preguntà, mig quequejant.

–Res. Només he hagut de pagar una multa.

La gent se'ns quedava mirant. Suposo que era tant per la nostra condició d'occidentals com per la lamentable aparença de l'australià: brut, llardós i pudent.

–He volgut posar una denúncia contra el centre.

–Com?

–Per què no? Fet i fet, s'hi desenvolupa una activitat il·legal...

–No... No és tan senzill. El concepte «genèticament idèntic» a què fa referència la prohibició internacional no és aplicable als ajudants... És ben clar que s'escuden en això. I en qualsevol cas, segur que en tenen alguna pensada, o unten algú...

–Podria ser.

Vaig entrar a una espècie de galeries comercials. En Murray em seguia nerviosament, gairebé com un gosset. Vaig comprar roba neta per a ell i per a mi. I també unes xancletes. En Murray anava descalç. Per això no l'havien parat a l'entrada del temple.

Un cop canviats vam enfilar el camí de l'hotel. En Murray havia acceptat les mudes noves amb indiferència, però se les havia posat al capdavall. Certament, a tots dos ens hauria convingut una dutxa, però la impaciència em féu considerar supèrflua aquesta opció.

A la recepció de l'hotel no hi havia ningú. Vaig prémer insistentment el timbre fins que aparegué un empleat:

–Digui'm senyor.

–Me'n vaig a Kumily. Guardi'm l'habitació. Si ve la policia i pregunta per mi, digui'ls que em trobaran allà –em vaig girar cap en Murray, que s'havia quedat en un segon terme–. I tu, Murray, què fas? Véns o et quedes?

XLI

Vaig gastar les darreres rupies que em quedaven en el taxi. Vaig voler pagar més del que corresponia al trajecte perquè el taxista no s'hi adormís. Gràcies a això, el viatge durà menys de dues hores. Quan vam arribar a Kumily, encara faltava una estona perquè comencés el capvespre.

El primer que vam fer en arribar va ser anar a l'estació d'autobusos. En Murray estava visiblement neguitós. Durant tot el trajecte s'havia estat rascant les patilles, magrejant-se els llavis i rosegant les ungles. Fora d'això, la seva participació en la presa de decisions havia estat nul·la. Anava a remolc meu i em cedia la iniciativa, cosa que em féu resoldre actuar com si anés sol.

Vam treure el cap entre els autobusos que descarregaven passatgers. Com d'habitud, l'Abbas era allà, buscant clientela.

–Abbas!

–Ei! Però què hi féu aquí? Heu vingut de vacances?

– Encara no. Necessitem que ens portis al centre. És molt urgent.

–Al centre? –s'estranyà ell–. Em pensava que no us hi volien...

–Ja, però és que ens hi vam deixar una cosa.

L'Abbas s'ho pensà uns segons. Finalment s'encongí d'espatlles i digué:

–D'acord. Tinc molta feina, però us faré aquest favor.

Vam acompanyar-lo fins al seu *rickshaw* i ens hi convidà a pujar amb la solemnitat habitual. El vehicle sortí del poble i prengué la carretera estreta i envoltada de jungla que comunicava el centre amb la resta del món. En Murray s'encongí sobre si mateix, sumit en una reserva ombriva. L'Abbas ens anava observant pel retrovisor i, de tant en tant, quan les nostres mirades s'encreuaven, em dispensava un somriure de compromís. Devia percebre alguna cosa estranya en el nostre aspecte i, sobretot, en el nostre comportament.

Jo estava excitat. No sabia com procediria. No tenia cap pla ni cap estratègia definida. L'únic que volia era desfer físicament el meu vincle amb aquell maleït lloc i, si podia ser, posar en dubte els propòsits d'en Braddock i la Parvati per col·laborar a desbaratar-los les intencions. Però de quina manera? La meva ment era un desert pel que feia a allò. A més a més, a mesura que ens acostàvem, m'ennuegava una emoció cada cop més profunda. Set mesos abans havia fet el mateix trajecte portat pel corrent d'un riu: el riu de la desídia que fins llavors havia guiat la meva vida. Ara hi tornava, i per primera vegada en molts anys, estava disposat a actuar.

El Jungle Research Centre aparegué rere un revolt. El capvespre era a punt d'embolcallar-lo, com la primera vegada que l'havia vist. L'Abbas aparcà el *rickshaw* a la rotonda i tots tres en vam baixar. Tot tenia una aparença espectral. La porta de l'edifici principal grinyolava al compàs d'un oreig que l'obria i la tancava reiteradament. El silenci surava a l'aire com una presència amatent. En Kumar i la Kavita ja no hi devien ser, i en Katsumi encara no podia haver tornat. I d'en Braddock i la Parvati no hi havia ni rastre. De ben segur que estaven al laboratori, treballant. Semblava impossible que en aquell indret gairebé abandonat, dos investigadors tan notables es consagressin a una quimera tan aliena al seu entorn.

–Ens pots esperar aquí, Abbas? –vaig preguntar-li.

–És clar, cap problema. Seré aquí. Podries saludar la Parvati de part meva?

–A veure si me'n recordo...

Vaig enfilar la senderola que portava al laboratori, però de seguida vaig notar que caminava sol. En girar-me, vaig veure que en Murray s'havia quedat al costat de l'indi:

–Murray?

En sentir el seu nom, reaccionà:

–Ja vinc, ja vinc...

Se m'acostà amb cura, com si tingués por de cridar l'atenció. Em somrigué amb una ganyota. La suor li regalimava front avall.

–Estàs bé, Murray?

–Sí, sí... Anem.

Pocs segons després érem a les portes del laboratori. Hi vam entrar sense dificultats. Volia anar als tancs de congelació per apoderar-me de les mostres de sang, però un cop dins de l'edifici en Murray se m'avançà i es dirigí directament al búnquer, sense atendre cap dels meus avisos. Vaig seguir-lo alarmat.

El seu xip encara funcionava. Tal com entrà al búnquer, en Murray agafà una cadira. La brandà ben alt i s'abraonà amb violència sobre el primer banc de receptacles. En Braddock i la Parvati eren allà dins, treballant. Un cop superada la sorpresa inicial, van mirar d'aturar-lo, però no en van ser capaços. En Murray, aprofitant la mateixa empenta que portava per anorrear la seva creació, se'ls tragué del damunt sense ni mirar-se'ls: la Parvati sortí propulsada contra la taula d'ordinadors. El cop la sacsejà com un ninot i els ordinadors gemegaren mig desballestats. El doctor, per uns instants, romangué penjat de les espatlles de l'australià, però l'exagerada torsió que aquest realitzava per abatre el banc fou suficient per despendre's del vell, que es retorçà de dolor en caure a terra. Els tancs van rodolar d'aquí cap allà, topant entre ells i deixant anar un so metàl·lic en impactar amb les rajoles. Alguns receptacles es van obrir: del seu interior en sortiren disparats ajudants encara en gestació que lliscaren pel bassal amniòtic que s'estava formant. Van rebotar a les parets i el mobiliari, però, òbviament, no van reaccionar. La inèrcia que els movia perdé força i van acabar per deturar-se als racons on la sotragada els havia llançat, quiets i recollits sobre ells mateixos, com si la gestació no s'hagués interromput.

En Murray consumà la destrucció del primer banc sense més contratemps, però ocupat en la seva furiosa escomesa no s'adonà que el doctor i la Parvati havien renunciat ja a interceptar-lo i cuitaven a quedar-se cadascun amb un tanc del segon banc. Així, mentre els ajudants a mig fer feien caramboles entre ells i en Murray colpejava bojament els tancs que encara no havia pogut trabucar, en Braddock i la Parvati es disposaven a emprendre una fugida insensata: ni els tancs funcionarien sense connexions ni els ajudants no podien gestar-se desendollats. Era una reacció delirant.

Vaig intentar deturar-los. En Braddock, però, m'apartà d'un cop d'espatlla que em féu recular i els deixà el camí lliure. Em vaig afanyar a perseguir-los. Els tancs pesaven considerablement i els podria aconseguir amb facilitat. Vam passar pel costat de la piscina. Tenia en Braddock a tocar. En comptes d'agafar-lo, però, vaig prendre de terra l'aspirador d'en Kumar. Vaig llançar-lo cap endavant. Les cames del doctor van entortolligar-s'hi i per poc si no cau. En pugnar per mantenir l'equilibri, el tanc se li escorregué d'entre els braços. Tot i que per un moment va estar a punt de recuperar-lo, l'UDH, amb ajudant inclòs, caigué al final dins la piscina i s'enfonsà irremissiblement. La Parvati seguia corrent i se'ns allunyava. El doctor, assegut a la vora de l'aigua, em dispensà una mirada carregada d'odi. Estranyament, això em féu rememorar totes les nostres converses condensades en una seqüència accelerada de records. El lapse fou aprofitat pel doctor, que s'abalançà contra mi ventant-me un cop al cap amb el mateix pal amb què l'havia aturat. La sorpresa m'estaborní tant com l'impacte. El doctor se m'acostà i em despatxà un cop de puny a la panxa. Vaig quedar momentàniament fora de combat i ell marxà a l'encalç de la seva còmplice.

En recuperar l'esma, vaig córrer cap a la rotonda. La Parvati cridava al costat del *rickshaw* de l'Abbas. El doctor era a punt d'atènyer-los:

–Porta'ns a Madurai, corre!

–Però què dius, maca? Com vols que anem tan lluny amb aquesta carraca?

–Faràs el que jo et digui!

–No! I a més a més, he d'esperar els altres dos! M'hi he compromès...

L'Abbas no pogué acabar la frase. El doctor arribà fins on eren per l'altre costat de l'indi, l'agafà per les espatlles i el llançà per terra amb una facilitat sorprenent. L'Abbas rodolà per la rotonda enjardinada:

–Ei!

En Braddock posà en marxa el motor. La Parvati s'assegué darrere, bo i abraçant el tanc. Vaig córrer amb totes les meves forces, però abans que pogués abastar-los, el tricicle començà a avançar i de seguida guanyà velocitat. Vaig saltar a la desesperada per enxampar-ne el cul, però l'únic que vaig aconseguir va ser estampar-me de cara contra la sorra. Vaig notar com de les rascades començava a brollar-ne sang.

–Lladres! –cridà l'Abbas, que s'havia aixecat i ara els perseguia.

El *rickshaw* marxà carretera avall i desaparegué després del primer revolt amb l'Abbas darrere. Just aleshores vaig haver de girar el cap en sentit contrari: una gran explosió féu oblidar-me dels fugitius. Per darrere l'edifici central, una munió de flames desbocades s'enfilava cap al cel. El laboratori havia esclatat. Vaig reincorporar-me:

–Murray...!

L'australià aparegué llavors, corrent i panteixant. Ranquejava d'una cama i duia tota la roba enfosquida pel fum.

–A l'infern!

–Murray, estàs bé?

–Sí –féu ell–. On són?

–Han robat el *rickshaw* de l'Abbas... I ell els ha anat al darrere.

–Corre, anem-lo a ajudar!

Vaig assistir en Murray oferint-li la meva espatlla, i vam començar a avançar aparatosament per la carretera. Entre el pes i les nafres que el condicionaven, no fèiem gaire via, i probablement no els hauríem vist mai mes si no fos perquè ni el *rickshaw*, ni la Parvati, ni en Braddock, ni l'Abbas no havien arribat gaire lluny. Després de tres o quatre revolts en direcció a Kumily, ens vam haver d'aturar: una visió esgarrifosa ens impedia de moure'ns.

A la cuneta interior de la calçada hi havia el *rickshaw* bolcat. Força més enllà, en Braddock i la Parvati, estirats enmig de la carretera. Havien sortit indemnes de l'accident, però no s'atrevien a fugir. L'Abbas estava dret a uns quatre metres de nosaltres, donant-nos l'esquena. Tenia les cames i els braços molt oberts i es mantenia immòbil. El *rickshaw* quedava per davant seu, com també hi quedava l'únic UDH restant, tombat a la vora de la cuneta oposada al vehicle. Una cuneta que estava al marge d'un accentuat i frondós pendent.

Però el que ens mantenia immòbils a tots no era l'esglai o la sorpresa derivats de l'accident. Era un portentós tigre que, a l'alçada del *rickshaw*, s'acostava encuriosit a l'UDH, dispensant-nos alternativament esglaiadores mirades de reüll. El doctor lluitava per inhibir els sanglots. La Parvati tenia el rostre desencaixat. En Murray s'aferrava fortament al meu braç, i jo al seu pit. I l'Abbas continuava quiet i impertèrrit com una estàtua.

El tigre s'aturà a un pam del receptacle i estirà el musell per olorar-lo. Girà el cap a ambdues bandes per assegurar-se que encara hi érem, i llavors s'assegué, com si volgués reflexionar abans de prendre cap decisió.

La sang ja no em circulava pel braç. De cua d'ull veia la cara d'en Murray, pàl·lida. La Parvati estava cada cop més desmillorada i el doctor havia amagat el cap entre els braços. L'Abbas, per la seva banda, es mantenia ferm i immòbil. I el temps, mentrestant, corria lent, molt lent: el crepuscle estava en suspensió.

Finalment, el tigre es decidí. Es reincorporà amb determinació i atansà una pota al receptacle. Però en tocar-lo, l'objecte rodolà una mica i se n'allunyà, primer lentament i després més ràpid: avançava en direcció al pendent que hi havia en aquella banda de la carretera, i això el feia accelerar-se. L'animal se sorprengué una mica amb aquell moviment, però com que el tanc no s'aturava i amenaçava de desaparèixer, sortí a encalçar-lo. L'UDH rodolà muntanya avall fins que fou engolit per les profunditats de la jungla, i el tigre li anà al darrere.

Durant molta estona, però, ningú no gosà de moure's. L'Abbas fou el primer a atrevir-s'hi: s'acostà amb molta cautela a la costa i escodrinyà la vegetació detingudament. La tensió encara era evident en el seu posat.

–Visca! –cridà tot de sobte i fent un salt–. He vist un tigre! Per fi! Des que era petit que ho desitjava!

S'havia apercebut de la nostra presència i vingué a trobar-nos:

–Sabeu? Des de 1990 no se'n veia cap per aquí! Això és una gran notícia per al turisme!

Vam picar-li les espatlles amb alegria. Tots tres somrèiem quasi entre sanglots, i un instant després ens vam trobar dispensant-nos fortes abraçades, com si el turisme fos d'allò més transcendent per a tots. Vaig mirar carretera avall: en Braddock i la Parvati es reincorporaven, cadascun pel seu compte, visiblement macats per la patacada.

–Imbècils! –cridà en Braddock–. Inútils! No sou conscients del que heu fet!

Era patètic veure com ens imprecava sense ni haver-se acabat de posar dret:

–Haureu de retre comptes, per tot això!

Anava tot escabellat. La bata li havia quedat feta un fàstic i estava estripada per diversos llocs. Amb una mà se subjectava les lumbars, sens dubte ressentides de les batzegades. S'acabava de salvar d'una mort horrible i només pensava a cridar. Em semblà que el crepuscle que ja havia caigut del tot damunt nostre s'adeia molt bé amb l'escena que ens oferia el doctor. En Murray, però, no estava disposat a fer una interpretació tan poètica. S'agenollà, prengué un parell de pedres de la cuneta i les hi tirà:

–Desgraciat! Malalt!

El doctor les intentà esquivar tot maldestre i rodolà per terra un cop més. La Parvati s'encongí a un racó de la calçada, despentinada com una bruixa i encara massa xocada per intervenir. L'Abbas i jo vam afanyar-nos a aturar en Murray. Si fos per ell, no hauria parat fins a esberlar el cap d'en Braddock.

Enmig d'aquest tràfec se sentí un motor. Un cotxe s'acostava. En adonar-nos-en, tots vam tenir l'impuls de mirar cap al revolt. Uns segons després vam sortir de dubtes. Era un tot terreny.

El vehicle s'aturà a uns metres del doctor i la Parvati i en baixaren tres homes uniformats:

–Què és tot això? –preguntà un d'ells–. Algú de vostès és el senyor Marc Solà?

XLII

Allà dalt, a falta d'altres cossos més apropiats, els guardes del parc nacional de Periyar eren els encarregats de mantenir l'ordre a la muntanya. La policia de Madurai s'havia posat en contacte amb ells per informar-los del meu intent de denúncia. D'entrada, no havien donat gaire crèdit a l'assumpte, però la deflagració havia estat prou potent per convèncer-los que allà passava alguna cosa notòria. S'havia sentit fins a Kumily, i el fum de l'incendi havia arribat a veure's des de molts altres llocs abans que es fes de nit. Els guardes havien vingut immediatament. Els bombers també estaven avisats, però quan van arribar ja no hi havia res del laboratori que es pogués salvar: l'estabulari, el búnquer..., tot havia desaparegut. Això, però, no destruí completament les proves, perquè més tard, al despatx d'en Braddock, hi trobarien documentació abundant i... dos recipients de vidre, plens de carn en formol.

El cap dels guardes forestals no entenia res del que li explicàvem, tret que havíem vist un tigre (la qual cosa li interessà enormement). Avisà el comissari de Madurai perquè l'assistís en aquella situació tan estrambòtica. L'home arribà a les oficines del parc ben entrada la nit. Em reconegué de seguida. Em reprengué la meva partida, però admeté que almenys havia deixat dit on em podrien trobar. Havia indagat una mica i no treia l'aigua clara de l'assumpte. El Jungle Research Centre estava declarat com un centre d'investigació sobre flora i fauna local, i aquesta definició no quadrava amb el que jo li havia explicat.

Gràcies al comissari, en Murray i jo vam ser tractats amb més deferències que en Braddock i la Parvati, que durant tota la nit i part del matí següent van haver de romandre al calabós improvisat que havien muntat els forestals, mentre esperàvem que arribés la policia del poble d'Idduki (la que tenia competència en aquella zona). Tot i així, els van deixar posar-se ràpidament en contacte amb la fundació. Això els donà una seguretat que no havien mostrat des de l'incident amb el tigre. L'engranatge legal que protegia la fundació i els seus membres devia transmetre prou solvència, perquè després de les converses que hi van mantenir, se'ls van exaltar notablement els ànims. Entre una cosa i altra, al final, només vaig parlar una vegada més amb la Parvati:

–No em pensava que fossis tan integrista. M'has decebut, un cop més.

–Ho sento. És el que passa quan les expectatives no s'adeqüen a la realitat.

–Ets tu mateix qui les ha rebaixades. Adéu, Marc.

–Adéu, Parvati.

Atès que estàvem col·laborant amb la justícia del país, les autoritats van tenir la màniga ampla respecte del meu visat i van prometre'ns de moure els fils oportuns per proporcionar-nos els passatges de retorn a casa. En Murray demanà un quant temps per meditar quina destinació havia de triar. Jo no vaig tenir tants dubtes: volia volar a Barcelona. Mentrestant, ens estàvem a casa de l'Abbas, que havia insistit a acollir-nos.

Pel que fa als altres dos, el tema es presentava incert i relliscós. Sembla que hi havia uns quants acords entre el govern indi i el Marshall Bank. Un d'ells estipulava la cessió a la Marshall Foundation del Jungle Research Centre a canvi de contraprestacions econòmiques. Des de feia molts anys, estava en procés de ser declarat centre d'investigació mèdica en comptes de centre d'investigació sobre fauna i flora, però ningú no semblava decidir-se a posar fi a l'ambigüitat d'aquella situació. Això no hauria estat prou per exonerar-los, és clar, però sí que era suficient per empantanegar l'assumpte. Més que remoure'l, crec que van preferir abordar-lo discretament i sense gran interès. I el cert és que, respecte a les concloents proves dels envasos amb formol, mai no vam saber què se'n va fer ni quina fou la seva destinació final. Al capdavall, l'ombra d'en Tony Rajendra i els seus havia de ser prou allargada per a això i per a molt més.

Suposo que tot aquest cúmul de circumstàncies també propicià que en Murray i jo poguéssim marxar amb tanta facilitat. Fet i fet, havíem participat en bona part del projecte, i objectivament se'ns hi podia implicar si de veritat se'n tenien ganes. És probable que aquesta tolerància amb el nostre concurs en l'assumpte estigués induïda per la Marshall Foundation, la qual devia preferir tenir-nos lluny i contents abans que a prop i enfadats. Abans de partir cap a casa de l'Abbas, però, ens van prendre declaració.

–Com sabem que no ho tornaran a intentar? –vaig preguntar a en Murray poc després d'aquest tràmit.

–Jo crec que sí que ho tornaran a intentar. I si no són ells, seran uns altres.

–I nosaltres... què podem fer?

–No ho sé... Potser hauríem d'aprofitar que encara trigaran uns anys a tornar a aquest punt per mirar d'entendre què en farem, de tot això... i almenys, així, no ens agafarà tant de sorpresa.

Tot plegat em féu pensar en allò que havia dit la Parvati: «La ciència és com la vida: un cop comença ja no s'atura».

A casa de l'Abbas ens van tractar a cos de rei. Després d'aquells dies de descans, la meva opinió sobre l'Índia canvià radicalment, i fins i tot em vaig atrevir a tornar a provar les *masala dosai*. Seguiren sense entusiasmar-me, però almenys llavors me les podia acabar.

L'aventura de l'Abbas l'havia fet extraordinàriament popular a Kumily i els voltants. No només era l'home que havia vist –i mantingut dòcil– el primer tigre des de 1990, sinó que també havia estat directament implicat en la desarticulació del Jungle Research Centre. Als ulls dels vilatans no quedava gaire clar quina mena d'il·legalitats s'havien comès allà, però en tot cas tothom estava d'acord que havien de ser més horribles que les famoses barbaritats perpetrades pels sinistres investigadors de l'Alemanya nazi. Durant un temps, l'assumpte tindria una repercussió remarcable per al turisme local: qui no vindria atret pels tigres vindria atret per la vaporosa llegenda dels ajudants.

Unes setmanes després dels esdeveniments, quan nosaltres ja no érem allà, van començar a aparèixer, arreu del bosc, petites escultures que agermanaven ajudants i tigres en un mateix muntatge (l'Abbas me'n féu arribar algunes fotos per testimoniar-m'ho).

L'ajudant i el tigre

Hi apareixien units en una relació tan jeràrquica com impossible. No se sabé mai qui les feia; probablement membres d'alguna tribu del bosc. Amb tot, la contínua exposició a la intempèrie va acabar per malmetre-les i ningú no les tornà a reemplaçar. I com elles, el rastre dels ajudants es diluí per sempre més entre la jungla, i el confús record que es tenia d'ells s'esllanguí definitivament en la ment dels homes.

XLIII

Un dia va arribar un taxista preguntant per mi. Me l'enviava el comissari. Vaig acomiadar-me de l'Abbas i de la seva família amb emoció. En Murray havia marxat un parell de dies abans. En el moment de la partida em digué:

–T'asseguro que si ens tornem a veure no t'anomenaré així..., però deixa'm que t'ho digui per última vegada: a reveure, torero.

Jo no veia gaire factible que tornéssim a coincidir mai, però sabia que aquell comentari, en boca d'en Murray, tenia més significat del que aparentava en un primer cop d'ull. Ens vam abraçar i vaig desitjar-li sort. Finalment s'havia decidit per Melbourne, una opció valenta, però també difícil. Encarar-s'hi l'honorava.

Vaig viatjar fins a Madurai. A l'hotel Prem Nivas encara em guardaven l'habitació, el càrrec de la qual havia estat assumit pel Departament de Policia de la ciutat. Vaig recollir-hi quatre mudes, el mòbil, la càmera i la carpeta.

Tenia l'esperança que des de l'avió podria donar una última ullada al temple on m'havia decidit a trencar les cadenes a les quals jo mateix m'havia lligat durant tants anys. Però l'ambient era ple de calitja, l'aeroport estava a dotze quilòmetres de la ciutat i l'aparell s'enlairà en una direcció que deixava l'urbs massa lluny per distingir-la. Em vaig allunyar del sud sense reconèixer-hi res de remarcable.

De Madurai vaig volar a Mumbai, de Mumbai a Frankfurt i de Frankfurt a Barcelona. A l'aeroport m'esperaven els meus pares, que no sospitaven res del que m'havia passat. Tan sols sabien que la meva participació en el projecte s'havia acabat definitivament. La Marta no els havia acompanyat, i jo ja m'imaginava per què.

Vaig aconseguir veure-la dues setmanes després, quan les vacances de Nadal ja s'havien acabat. Vam quedar en un bar del centre, a una hora prou indeterminada per estar-hi sols. Havia aprovat les *opos*, sí, i el curs següent se li presentava força bé. Havia obtingut plaça a Terrassa i no hauria de marxar de Barcelona per treballar. En Pere, amb qui s'havia decidit a comprar un pis, també havia estat afortunat, i faria classes a un institut de Vilassar de Mar. Estava molt il·lusionada amb aquesta etapa que iniciaria ben aviat, malgrat que algun escrúpol l'impedia de mostrar-m'ho de forma massa oberta.

Quan em preguntà com m'havia anat a mi, vaig tenir la sensació que ho feia tant per interès com per desfer-se d'una incomoditat que l'havia anat prenent mentre parlava. Vaig somriure un moment abans de començar i, tot seguit, vaig referir-li tot el que m'havia passat.

La Marta romangué amb la boca entreoberta i uns ulls com unes taronges fins a una estona després d'haver-me acomiadat d'en Murray. Com que no acabava de reaccionar, vaig passar-li la mà per davant la mirada, irònicament.

–Que fort... –digué per fi–. I tu, ara... què penses fer?

–D'entrada, parlar amb la facultat. Vull que almenys sàpiguen quins són els negocis d'un dels seus professors. També vull aprofitar-ho per informar-me sobre els comitès de bioètica i tot això... No vull tornar a actuar tan a la lleugera, saps?

–No m'estranya...

–També m'agradaria tenir un record per a aquelles criatures i plasmar tot el que la seva història ha significat per a mi... Passaré el meu diari en net i revisaré que no m'hi hagi deixat res. Qui sap, potser fins i tot el penjo a Internet.

–Ningú no se'n creurà ni mitja paraula!

–Doncs aleshores el vendré com una novel·la de ficció.

La Marta somrigué:

–I què et sembla com una pel·lícula de crispetes?

Vaig assentir:

–És una altra opció. Abans que m'ocupi de tot això, però, haig de fer una cosa molt més important.

–Ah, sí? Quina?

Vaig prendre-li les mans:

–Et vull demanar disculpes, Marta.

–Disculpes?

–Per tot el temps que vas perdre amb mi. Mai no vaig correspondre l'entusiasme i les atencions que em dedicaves.

–Marc, no diguis això... A mi sempre em va agradar estar amb tu. El que passa és que vas prendre una decisió molt important per a tots dos tot sol, i això em va fer veure que potser no formava part de la teva vida tant com havia cregut fins llavors...

–Mira, Marta... No vull dir que no m'agradessis ni que no t'hagi estimat. De fet encara t'estimo, i espero que puguem ser amics durant molt de temps. Però jo no era qui tu buscaves, i encara que ho sabia (d'una forma no del tot conscient, això sí), no vaig atrevir-me mai a encarar-m'hi. Simplement anava fent, com sempre. I això és el que vull que em perdonis. Perquè que un vulgui viure com una rata d'estabulari passi, però que almenys no enganyi la persona que l'estima amb vanes esperances i il·lusions.

–Marc...

La Marta s'aixecà lleugerament per abraçar-me, obviant la taula que teníem entremig. El moviment féu trontollar les tasses: el meu te amb llet es va trabucar. Vaig fer un bot enrere mentre ella, que s'havia adonat de la incidència, cridava:

–Atenció!

L'amo sortí de la cuina per mirar què passava. En veure'ns es recolzà a la barra. La Marta i jo, a peu dret, ens abraçàvem al costat de la taula, mentre el te s'escampava per la seva superfície i, en forma de rajolí, començava a gotejar cap a terra, talment com una cascada en miniatura.

FI

FRAGMENT DE LA DECLARACIÓ DE MARC SOLÀ LÓPEZ A LA POLICIA D'IDDUKI [26]

Miraré de ser tan clar i concís com la complexitat del tema em permeti.

D'entrada, haig de parlar dels tres elements bàsics que trobem en la qüestió del clonatge reproductiu. Per què? Doncs perquè això és el que vam estar fent al Jungle Research Centre: clonatge reproductiu i, a més a més, d'humans. La manera de realitzar-ho, però, és tan singular que em fa dubtar de tots tres epítets.

Començo, doncs, per esmentar quins són aquests tres elements que ens condicionen:

1.–Un òvul desproveït del seu nucli.

2.–Un nucli que conté la seqüència genètica de l'individu per clonar.

3.–Un úter on es gesta l'embrió resultant de la transferència nuclear.

Cadascun d'aquests elements comporta unes problemàtiques específiques, problemàtiques que són d'índole tècnica, però també legal, ètica i religiosa. Em centraré en les tècniques:

1.–Al llarg de la seva existència, una dona pot produir uns 450 òvuls madurs. Se'n van necessitar 277 per

26. Els subratllats són del comissari de la policia de Madurai, que també hi era present.

obtenir la Dolly. Atesa aquesta probabilística, el nombre d'òvuls requerits per aconseguir un individu clonat seria enorme i l'escassetat d'oòcits madurs humans és una constant arreu del món. Per resoldre aquest contratemps, al Jungle Research Centre s'usaven necessàriament òvuls d'altres espècies, com ja havien fet abans importants companyies de biotecnologia (com ara l'Advanced Cell Technology). En el nostre cas es tractava de rates de laboratori, de les quals teníem quantitats ingents a l'estabulari. També es podrien usar altres animals, però les rates són l'animal més fàcil d'aconseguir perquè es produeixen industrialment per a finalitats d'investigació i, un cop les tens engegades, és fàcil fer-les criar per assegurar-te'n l'autoproveïment.

En qualsevol cas, la idea és que, en manllevar-los el nucli, l'aportació genètica d'aquests òvuls és nul·la. Malgrat això, recordo haver llegit, crec que a *Nature*[27], que en un cas així, entre un 3 i un 4 % del material genètic del nou ésser provindria de l'ADN mitocondrial subministrat per l'òvul.

2.–Idealment, el nucli ha de provenir d'una cèl·lula com menys diferenciada millor. En una cèl·lula diferenciada (com podrien ser les cèl·lules de la meva sang o de la sang de la resta de treballadors), l'expressió dels gens és determinada pel teixit en què es troba i la funció que hi exerceix. Usarne l'ADN implicaria una reprogramació cel·lular per tornar a fer expressable la seqüència sen-

27. *Nature*: revista científica de divulgació internacional.

cera i garantir així que el zigot[28] disposés de tota la maquinària proteica necessària per generar correctament un nou ésser. La reprogramació prezigòtica és un dels moments més compromesos que es deriven de la tècnica de transferència nuclear. La majoria de malformacions, desenvolupaments aberrants i avortaments li'n deuen l'origen. Al Jungle Research Centre es va aconseguir dissenyar un procés de reprogramació (obra del doctor Braddock i de la Parvati) altament fiable i efectiu, fins al punt d'haver possibilitat la gestació i el naixement d'uns quants éssers en miniatura: els ajudants.

3.–El zigot resultant de la transferència nuclear és activat artificialment perquè l'ADN comenci a replicar-se cap a les múltiples opcions cel·lulars que pot adoptar. En el moment que arriba a l'estadi de blastòcit (que en l'ésser humà equival al cinquè dia de fecundació) és quan pot ser implantat en un úter. Habitualment, s'usa el d'una femella que no té a veure ni amb l'òvul ni amb el nucli. És, per tant, un úter de lloguer. La probabilística, però, també juga en contra d'aquesta opció, perquè la literatura científica sosté que només entre l'1 i el 5 % dels embarassos generats amb aquesta tècnica finalitzen amb èxit. Per garantir aquesta disponibilitat d'úters, al Jungle Research Centre no hi havia milers de dones, sinó 60 UDH (Receptacles de Desenvolupament Uterí, *Uterine Development Holder*). Els UDH estan dissenyats a propòsit d'aquest projecte, i no són res més que úters artificials.

28. Zigot: cèl·lula formada per la fusió d'un gàmeta femení amb un de masculí.

La Marshall Foundation en té la patent, i a aquestes alçades és obvi que no han tingut tants miraments com els investigadors de la Universitat de Cornell a l'hora de comprovar-ne el funcionament.

Amb aquests tres elements (òvuls, nuclis i úters) controlats, el doctor Braddock n'hauria tingut prou per iniciar un projecte de clonació, però el més desconcertant del cas és que no es va aturar aquí. Abans he dit que s'havia aconseguit el naixement d'uns quants éssers en miniatura. A aquesta extravagància hem d'afegir-hi que aquests éssers ja van néixer envellits: als UDH s'hi possibilitava el desenvolupament embrionari, però també el postnatal, de tal manera que els éssers resultants no neixen com a nens, sinó que ja són adults. Tant la miniaturització com aquest creixement «a mida» eren conseqüències indefugibles i àdhuc desitjades de les manipulacions prèvies del doctor Braddock, tot i que és més que probable que es derivessin també de certes dificultats en la reprogramació cel·lular, dificultats que serien aprofitades per atènyer els objectius desitjats.

Per resumir-ho tot plegat: eren uns éssers idèntics als investigadors però en format petit (entre 20 i 30 centímetres d'alçada). Tot i l'aspecte d'adults, es comportaven d'entrada com criatures acabades de néixer, la qual cosa no deixava de fer una certa angúnia. Era igualment anguniejador pensar en l'incert futur que els esperava, sobretot tenint en compte els desastrosos precedents de la Dolly i els altres pobres animals clonats que moriren prematurament afligits per tota mena de problemes de salut.

ÍNDEX

Miquel Ribas Figueras (Barcelona, 1972).

És llicenciat en Antropologia Cultural. Ha escrit narrativa infantil i juvenil (*L'illa de Canibàlia, En Bernat i la llàntia màgica, Formidable!, La revolta de Fort Pistraus*), i per a adults (*Combinació Guanyadora,* premi Goleta i Bergantí 2005), a més de diversos guions audiovisuals.

Agraïments

A l'Olivia, que es prestà a llegir i comentar l'original una vegada i una altra i mai no amenaçà de tirar-me'l pel cap.

A l'Artur, que m'exasperà amb les seves afinades observacions, tan escrupoloses com certes.

A en Joan, a qui sé que va agradar molt la part científica.

A la Carme, pel seu recolzament insubornable.

A la resta de gent que, a pesar d'estar molt enfeinada, va tenir l'amabilitat de llegir i fer-me saber la seva visió sobre les primeres versions.

I per acabar, i molt especialment, als senyors Roger Florensa, doctor en bioquímica i Ramon Solís, biòleg. La sapiència i paciència pedagògica d'ambdós van contribuir decisivament a fer versemblants unes criatures tan insòlites com els *helpers.*

A tots ells, moltes gràcies.